COLLECTION POÉSIE

ANDRÉ VELTER

L'amour extrême

Précédé de

Le septième sommet

et suivi de

Une autre altitude

POÈMES POUR CHANTAL MAUDUIT

nrf

GALLIMARD

à Toi et à jamais
à l'altitude de notre amour

Le septième sommet

J'ai pour te bâtir un tombeau
des mots du soleil et des rêves,
rien qui appartienne au poids du monde,
rien qui t'impose une mort enchaînée,
rien qui ralentisse ta course plus haut
que tous les sommets.

Tu vois je t'invente
un tombeau sans dorure,
sans marbre ni couronne, je t'élève
moins qu'une stèle perdue dans le désert,
je t'offre un souffle de sable et de vent,
tombeau d'oiseau migrateur,
tombeau de papillon bleu,
tombeau de cerf-volant.

Au plain-chant de l'univers
tu es le rire de la pure lumière,
la joie sans ombre qui donne
et donne encore présence à l'impossible,
comme ce poisson que tu léguais au ciel
ou ces fleurs qui acceptaient pour toi seule
d'éclore sous la lune.

Alors depuis les ténèbres où je suis,
moi le quasi-mécréant je te crie
que s'il est une autre Jérusalem,
tu es ma femme céleste.

Je sais de qui je suis la proie
Je sais de qui je suis l'amour

Sans doute n'y avait-il autre passion possible entre nous que celle qui ne s'annonce pas. Celle qui s'impose sans raison ni excuse. Celle qui garde sa loi hors la loi et une foi fervente, totale, idéale en elle-même. Comme une chance magnétique tenue à la verticale exacte du pôle, et qui fut nommée l'amour fou, mais qu'avec toi j'appelai *l'amour fol*.

Sans doute était-ce ensemble présent, offrande, rapt de plus que soi, infini soudain à l'horizon de la peau. C'était tu le sais, à s'en battre le sang, à s'en rompre les os, ce foudroiement qui ne veut pas savoir s'il sera foudroyé.

Car l'amour fol ne retranche rien aux autres amours. Il sait les aimer, les préserver, les accompagner, les chérir. Il n'est jaloux que de sa vérité.

Il en tient pour la noblesse, la pureté, l'honneur. Et s'il lui arrive parfois de se divertir, c'est avec éclat, du timbre le plus transparent, sans soupçon d'ironie.

L'amour fol n'avait pas de nom avant toi.

Il n'avait pas de parole ni de ciel avant toi. Pas de regard, pas de voix, pas de bras, pas d'élan ni d'étreinte avant toi. Pas de cantiques, pas de cris, pas de possession dépossédée ni de sueur au creux des reins avant toi. Pas de mystique, pas de sexe ni d'extase avant toi.

Et déjà tu m'avais précédé.

Déjà tu m'avais porté à tes lèvres avant de me connaître, hissant mon chant plus haut que le plus haut des rêves, traçant l'invisible de nos vies au sommet du Manaslu.

Et déjà la beauté avait toute la place.

Viatique

Ce qui touche au ciel
c'est le rêve les yeux ouverts,

le cœur inouï
qui porte au sublime,

la bouche qui fait lumière
d'un peu de souffle,

le rythme de quelques mots
qui crée un corps d'espace

hors du temps
pour abolir le temps.

Là-haut, la beauté.
Là-haut, en beauté.

Là-haut, cette vie
en plus de la vie.

(Écrit avant ton départ de 1996 pour l'Annapurna.)

Tournesol

Du côté du soleil
de jour et même de nuit,

la tête tournée
et qui tourne et qui tourne

pour voir l'azur
à la renverse

pour être au monde
plus ébloui

pour larguer l'ombre
et les amarres.

Il y a ce feu
qui s'offre au bleu,

il y a ce bleu
qui boit de l'or.

(Pour ton autoportrait,
sans oublier ce vers de Montale :
Apporte-moi le tournesol que la lumière rend fou.)

Himal

Si vaste le cœur
sur ce Toit du Monde

où l'on n'attend rien
du destin des hommes

et si vaste l'âme
des ciels, des sommets…

Tu as pris la pente
qui défie le temps

qui passe sans escale
toutes les latitudes.

Tu as mis le sens
très au-dessus de toi

pour que danser
soit un envol

et ta vie
une aventure d'étoile.

Tu as choisi de gagner
par la verticale ascendante

le troisième pôle
qui déboussole.

(Pour ton *étoile d'aventure* —
« Chantal, Himal, sidérale », disais-tu —
et sur un carnet tu ajoutais : « fatal ».)

Le galop de ton cœur

L'éclat de tes yeux, mon amour, quand tu m'as montré le drapeau tibétain que tu avais planté sur la flèche de Notre-Dame !

Et deux mois plus tard, l'éclat de tes yeux, mon amour, quand tu as vu que le drapeau flottait toujours !

Et toujours, mon amour, l'éclat de tes yeux !

Nous avons eu accès à la vraie vie. L'un sans l'autre, mais dans le même Himalaya, et deux mille mètres plus haut pour toi. L'un avec l'autre, par les rues et les chambres de Paris.

L'absolu de la vraie vie était notre promesse. Ce défi enchanté, cette sublime fête, passaient trop les mesures du temps pour être tolérés.

Il a suffi de la voix de Mick au téléphone, et de trois mots : *Chantal est morte.*

Trois mots qui sont entrés dans ma chair et ne m'ont plus lâché. Trois mots enragés qui m'écorchent le corps en chacune de ses plaies. Trois mots plus forts que les mille et mille mots de mes livres.

Trois mots pourtant que je ne peux contrer qu'avec les mots qui nous ont réunis.

Ce cahier qui s'écrit doit tout à l'hébétude. Il sort d'un cœur explosé, chargé de résonances qui perdent la raison.

Comme ces strophes de Catherine Pozzi qu'un jour je t'avais lues, et leur écho soudain quand tout est dévasté, et ton sourire de fée à l'annonce du titre : *Ave.*

Tes initiales, avais-tu dit.

Élégie

Très haut amour à présent que tu meures

Je n'ai que des mots et des larmes.
Si rares chez moi les larmes,
si simples les mots que tu aimais.

Très haut amour à présent que tu meures

La neige a tué mon plus bel horizon,
la neige a bloqué les issues et les rêves,
la neige de la grande nuit a ruiné notre ciel.

Très haut amour à présent que tu meures

Cœur en cendre, et corps et bagage,
jusqu'au souffle que je posais en offrande
sur tes lèvres à l'approche du sommet.

Très haut amour à présent que tu meures

J'en veux à la vie pour qui j'écrivais,
j'en veux à cette joie qui portait ma parole,
j'en veux à mes poèmes qui ne t'ont pas sauvée.

Très haut amour à présent que tu meures,
à présent qu'il n'est plus que mon chant
pour s'en aller bâtir nos demeures,
je m'abîme avec toi et je pleure
en chantant.

(17 mai 1998)

À toujours

Il n'est autre avenir que toi
sans toi,
autre chemin que toi
sans toi,
autre chanson que toi
sans toi,
autre désir autre passion autre joie
que toi que toi que toi
mon amour à l'infini
amour plus vaste que nos vies
amour cruel, définitif amour

sans toi
il n'est autre amour que toi.

Ex-voto

Jaloux de ma douleur.
Qu'elle fasse bloc. Ne se disperse pas.
Qu'elle résiste aux reniements des temps.
Qu'elle soit inhumaine, implacable, injuste.
Tout le contraire de toi.

Sans rien céder de nous

Tu es venue dans un halètement d'altitude
en suivant le galop de ton cœur.

Tu es venue mot à mot jusqu'à moi
avec dans le sang mon poème.

Tu es venue comme une aile d'azur
toute à son battement de ciel sur ciel.

Tu es venue ouvrir les fenêtres, les portes,
dilapider, enchanter, mettre en feu, foudroyer.

Tu es venue changer l'heure des cadrans,
choisir tes nuits et ton soleil.

Tu es venue vivre sur le départ
une course aussi joyeuse que folle.

Tu es venue pour m'aimer et me détruire,
m'aimer absolument, me détruire tout entier.

Tu es venue et je me voue à ta venue
sans rien céder de nous.

Deuxième élégie

Dans la forge de ma mémoire
ça bat de l'or ça bat des larmes
pour produire de la cendre

Que faire d'une boule de lumière
qui éclaire, qui dévaste, qui s'enfuit ?

Dans la forge de mon âme
ça bat du sang ça bat des songes
pour cracher de la mort

Que faire d'un ouragan de joie
qui déferle, qui submerge, qui sombre ?

Dans la forge de mon chant
ça bat du vent ça bat de l'aube
pour brasser du silence

Que faire d'un corps d'altitude
qui s'élève, qui resplendit, qui se perd ?

Dans la forge de mon ciel
ça bat du vide ça bat du bleu
pour sauver ton soleil

Que faire d'un amour si fort
qu'il envahit et les jours et les nuits

et conquiert sans espoir toute chose créée ?

Pour une cantate

Un vers de Pavese a troué ma mémoire :
Verrà la morte e avrà i tuoi occhi...
Oui mon amour, que la mort vienne
puisqu'elle aurait tes yeux...

Je marche au soleil de Majnûn
qui marche au soleil de sa folie

Les vivants appellent ça le temps du deuil, c'est une mort pire que la mort, une défaite à petit feu, un retour à la norme du commun des mortels. J'ai trop mal, et d'une souffrance trop inhumaine, pour solder mon orgueil et mendier un pacte de survie.

Il n'est aucune échappée par-delà ton départ, aucune lézarde dans la commotion. Tout apparaît tragique et sans raison, tragique et sans illusion, tragique et sans lendemain. Comment vas-tu me convaincre de survivre tandis que j'étouffe chaque fois que je respire ?

Majnûn, poète inventé par les djinns du désert et la désolation des hommes, toi qui n'es que le nom d'une fable, je ne t'invoque pas, mais ta rumeur me hante. Puisque le temps d'une expédition Chantal a voulu s'appeler Laylâ...

Je baise cette terre où ton pied s'est posé...

Ô parole tissée de légendes qui ne s'est pas affranchie des années et des jours ! Toute désincarnée que tu es, tu portes la vraie folie d'être à la torture pour moins qu'une ombre, et combien cette ombre reste souveraine dans la suite illégitime des temps.

Dans le kaléidoscope, notre premier rendez-vous : tu étais essoufflée à la porte du sixième étage. Je n'en revenais pas. La déesse était-elle si fragile ? Soudain j'étais plus essoufflé que toi à qui je disais « vous ».

Au fait, qui a parlé ? Moi sans doute, qui cherchais à m'accrocher aux phrases pour ne plus vaciller dans tes yeux. Une semaine plus tard tu m'avouais que dès l'entrée tu n'avais plus touché terre.

Notre secret nous le disputions aux anges, sur la ligne de crête qui se levait sans limite au-devant de nous. C'était un fil de lumière entre deux éclats de rires. Rien de stable ni d'arrimé, rien de balisé ni de connu, rien d'identifié ni de soumis.

Amants de l'impossible et basta ! résolument ailleurs, résolument dans l'extase ou l'excès, résolument entre chair et ciel, à découvert... Oui, irréparablement, étourdiment, merveilleusement jetés l'un l'autre à découvert.

Où que tu sois, je t'aime

Pour te rejoindre
nul parcours sur la terre,
il y faut l'ascension
de la montagne immense
qui me déchire le cœur.

Là tout est vertical,
de l'abîme du sang
aux mille soleils de l'âme,
une épée de lumière
et pas un seul sentier.

Est-ce mon amour
au souffle fragile,
à la fougue patiente
et légère, qui va ouvrir
la septième voie ?

Amour sauvage que tu voulais
libre du chasseur et de la proie,
amour qu'inventait l'amour
sans un appui sans une corde,
amour absolu, tout à toi.

(Écrit le 21 mai, jour de l'Ascension.)

Contre-écho

Est-ce au tréfonds des limbes ?
Est-ce en ton paradis ?

Notre barque s'est brisée
à l'envers de la vie quotidienne.

Je dérive avec toi
sur un radeau de lumière.

Pour une autre cantate

Oui mon amour,
je suis ce que tu veux,
je vis ce que tu veux.

Troisième élégie

Tout brûle dans mes os ton visage et tes rires

Je suis au royaume des secrets calcinés.
Un autre avance à ma place
que je couvre d'injures, dents serrées.

Tout brûle dans mes os ton visage et tes rires

Je ne sais plus jusqu'où je sombre.
Un autre parle à ma place
qui m'exaspère, qui me trahit.

Tout brûle dans mes os ton visage et tes rires

Un autre pense et rêve à ma place.
Je ne sais plus quelle est cette ombre
qui vient m'ensevelir à minuit.

Tout brûle dans mes os ton visage et tes rires

Je ne sais plus dans quelle tombe
le train d'enfer avec toi déchaîné
doit mener au paradis perdu.

Tout brûle dans mes os ton visage et tes rires,
le souffle de ta gorge, le tocsin de ton cœur,
tout brûle en ce moment où mon être n'aspire
qu'à chérir sa douleur en exigeant le pire
et les pleurs.

Répons

De tout mon cœur,
de tout mon corps,
disais-tu…

Sur ta peau j'ai suivi
l'éternité jusqu'ici,
et puis…

La mariée du ciel

(*Au Maroc, c'est toi qui as évoqué la mariée du ciel, celle qui, en disparaissant, signe* « d'impermanence terre et ciel ».)

La Bastille était notre quartier, avec un peu de Montmartre, et de longs raids dans Paris sur le SV 125. Tu étais une cavalière allumée, le scooter tanguait souvent à la limite.

Tu prétendais qu'un ange escortait nos parcours, et pour l'encourager tu mimais son vol en agitant les bras…

Qui me rendra ces jours où la vie a des ailes…

Altitude, poésie, insouciance, goût du risque, étreinte à se briser les os, cœur à cœur : l'amour sauvage improvisait à l'infini, déchaînant ses lignes de fuite au moindre indice de liberté libre. Ensemble, il n'était question que d'incarner l'inouï, donner corps au sublime.

Corps de chair et volcan, corps de diamant, de désir, de jubilation, qui s'emparait de tout l'espace qu'il y a du *bonheur ascendant,* à l'horizon de Rilke, jusqu'au *signe ascendant,* qui aimantait Breton.

Place du Châtelet, des amants, presque des enfants, s'embrassaient à pleines bouches juchés sur mon scooter. Lui ressemblait à un moineau sorti d'une fontaine, elle à une miniature de vieille dynastie chinoise.

Ils n'ont pas compris pourquoi, les yeux voilés, je les remerciais.

C'était ton premier signe.

Être avec toi qui n'es plus, ce n'est pas choisir l'immobile. Être fanatiquement avec toi qui n'es plus, ce n'est pas ralentir, alanguir, arrêter notre course. Ton absence violente, irrémédiable, ne doit rien pétrifier.

Pour aller à contre-démence, il n'est qu'un pari de fou, qui se voue au meurtre rituel du temps. Car je veux poursuivre avec toi, sans toi. Car je vais poursuivre sans toi, avec toi, cette ascension qui ne dépend plus que de nous.

Je dirai

Je dirai qui est mon amour
dans le présent ruiné, je dirai
sa beauté et son rire,
sa lumière et sa force,
je dirai comme elle va
toujours au-dessus d'elle-même,
comme elle danse au-delà du dernier pas,
je dirai ce qui ne se dit
qu'aux anges et aux fées,
aux vagabonds et aux amants, je dirai
le midi de nos corps en bataille,
le vertige de nos yeux,
cette évidence dans nos âmes
qui brûlait sans brûler,
qui criait sans crier,
qui était de pure merveille et de grâce incarnée,

je dirai ta vie lèvre à lèvre
et tes secrets sur ma bouche,
la bascule de tes cheveux,
l'éclat de ta voix soudain qui tutoyait les dieux.

Litanie de toi

Toi, et ton cri de joie au téléphone avant même de parler
Toi, transfigurée à l'écoute d'un poème, essoufflée comme si tu venais de courir sur un tapis d'étoiles
Toi, répétant l'oracle *« c'est beau ! c'est beau ! c'est beau ! »* avec cette voix d'enfance qui n'est pas une voix d'enfant
Toi, la tête souvent à la renverse
Toi, riant
Toi, riant par-dessus toute rumeur
Toi, riant d'un rire de source, d'un rire espiègle, d'un rire de bienheureuse espiègle, d'un rire de surprise et d'éveil
Toi, que j'embrasse pour la première fois rue du Sommerard, puis dans la cour du musée de Cluny
Toi, te conduisant très mal sur un banc du jardin du Luxembourg

Toi, seule spectatrice, immobile dans l'ombre du théâtre Molière pendant trois heures de répétition

Toi, lovée, le regard mauve

Toi, riant du chahut d'une horde d'Anglais dans la chambre d'à côté

Toi, riant de mes vanités d'homme trop occupé

Toi, riant en prenant l'ascenseur

Toi, te conduisant très mal sur la moleskine du *Café Français*

Toi, seule spectatrice, immobile dans l'ombre du théâtre du Rond-Point pendant trois heures de répétition

Toi, têtue, dents serrées, secouant tes cheveux

Toi, virevoltant, mimant une jonglerie avec les feuilles d'automne et le vent

Toi, dansant au bas des vignes de Montmartre, rue Saint-Vincent

Toi, te conduisant très mal à l'arrière du scooter et m'empêchant de conduire

Toi, bouche et ongles

Toi, paroles fauves

Toi, perdue dans la foule du théâtre des Cultures du Monde et t'enfuyant pour ne pas rompre la magie

Toi, avec la grâce d'une gravité très douce évoquant le danger

Toi, chuchotant le nom de tes amis morts

Toi, caressant le caillou bleu semé d'une poussière d'or que je viens de t'offrir

Toi, les yeux pleins de larmes à ton retour de Dharamsala

Toi, en équilibre sur la rambarde de fer me repérant de loin et bondissant

Toi, abandonnant tout et tous au milieu d'un repas quand j'appelle à l'improviste

Toi, l'émerveillée qui émerveille

Toi, l'impulsive à l'infinie tendresse

Toi, l'irradiante qui s'offre paumes ouvertes au soleil

Toi, t'étirant dix minutes au téléphone si je te réveille à midi

Toi, et ce qui n'appartient qu'à nous

Toi, riant à mon épaule

Toi, riant de trois nuits sans sommeil

Toi, riant dans un matin de pluie légère à Lisieux, et me disant : *tu m'en fais voir du pays !*

Toi, te conduisant très mal sur une banquette de train, à l'aller comme au retour

Toi, la plus pudique des impudiques, la plus conquérante des dépossédées

Toi, passionnément démunie et distribuant partout le trésor des songes

Toi, pleurant du fond de l'âme sur une épouvante qui me concerne seul
Toi, pas à pas avec moi dans cette géhenne intime
Toi, soignant les pires douleurs avec un peu d'azur récolté chez les dieux
Toi, glissant une rose sous ton blouson, contre ta peau
Toi, entrant à reculons sous le porche du faubourg Saint-Antoine en me jetant des brassées de baisers
Toi, et l'écho de ton rire sous la voûte
Toi, téléphonant des pentes du Dhaulagiri, la voix voilée par l'altitude

Toi, m'envoyant encore des lettres des quatre coins du monde huit jours après ta mort

Toi, léguant aux migrations de l'univers le chant de notre amour

Au plus haut

Tu me parles de si près
que j'entends
ce que ne veux entendre,
tu ris à me blesser,
tu danses plus loin que l'aube,
tu joues éperdument
et m'enlaces aux épaules
soufflant à mon oreille : *Amour,*
tu dois vivre au plus haut...

La vie, l'amour entre deux poèmes

Le 24 mai 1996, au sommet du Manaslu (8 163 mètres) dans l'Himalaya, Chantal Mauduit récite les trois premiers vers d'*Indomptable,* qu'elle s'est choisis comme profession de foi.

l'espace est un bandit d'honneur
c'est à lui que tu penses
quand tu suis le galop de ton cœur

Début mai 1998, sur les pentes du Dhaulagiri, quelques jours avant d'être tuée par une avalanche, elle dit une strophe d'un inédit que je lui avais confié : *Le Calligraphe du vide.*

Il a chanté les mots
de dessous la mémoire
qui donnent à la beauté
son aile toujours battante.

Entre ces deux poèmes : la voie funambule d'un amour-miracle qu'elle appelait *« sauvage »*, *« solaire »*, *« sans fin »*... Et que je continue de nommer ainsi, en toute déraison, et inaliénable désir d'elle.

Force de mots

Je dois à la poésie
la grâce de ton amour.
Je dois à son pouvoir
l'offrande de ta voix,
l'aimantation de ton pas,
une passion fabuleuse
et nos emportements.

Au comble de l'accablement
et du meurtre de nous,
jamais je ne laisserai dire
que la magie du poème
ne peut pas tout traduire
ni que la poésie
n'enchante pas la vie.

Elle seule,
comme la *Soupçonnée*
de René Char,
garde force de mots
jusqu'au bord des larmes.

La mort, l'amour autres sommets

Dans l'Himalaya, tu as gravi six des plus hautes montagnes du monde : le Chogori ou K2 (8 611 mètres), le Shisha Pangma (8 046 mètres), le Cho Oyu (8 201 mètres), le Lhotse (8 516 mètres), le Manaslu (8 163 mètres), le Gasherbrum II (8 035 mètres).

Il m'appartient désormais, par la seule force de mon amour, et pour disputer à la mort les noces qu'elle nous a volées, d'escorter ta course vers les autres sommets.

Te suivre
pour me perdre
enfin
dès le premier chant

L'amour extrême

Je sais de façon certaine
que l'amour extrême
n'a jamais trahi personne.

Jaufré Rudel

Épaule de plomb
paume légère,

j'ai porté ton cercueil
et caressé ton corps de cendre.

Une nuit de chacals aux yeux rouges
couvre la source de mes nuits.

Tu me condamnes à n'être plus
que par défi, indomptable

dis-tu, irréductible et pur,
mais sans rien à maudire.

La lumière qui me blesse n'est que l'ombre de toi

Quelque tendresse que j'y mette, et même une fervente douceur, je me heurte sans cesse à ta présence désincarnée, à ta présence qui force les prodiges, déchaîne les images, multiplie les éclats.

Comment croire que tu me guettes, que tu m'escortes, que tu te joues d'un réel qui sans toi serait moins qu'une chimère ? Comment céder à ce miracle de toi qui peuple les rues de tournesols, pose un papillon sur mon épaule et fait merveille à contre-mort ?

Avec l'insouciance de ceux qui viennent de loin sans se retourner, nous n'avons jamais douté d'un amour commencé dans un rêve que tu n'avais pas encore rêvé, que je n'avais pas encore rêvé.

Une élégie de Marceline révèle ce privilège qui donne aux amants pouvoir de déboussoler le temps... *J'étais à toi peut-être avant de t'avoir vu*... Et tout de suite la chute, que je ralentis infiniment, pour que l'*oracle de mon sort* accepte de prédire la nouvelle et décisive étreinte où *comme un dernier baiser tu fermeras ma bouche.*

J'écris dans ce désert de toi qui ne se peut traverser. Il est sans oasis, sans horizon, et la terre et le ciel semblent un seul brouillard de sable.

J'avance là, aux aguets, en incrédule qui ne sait comment, sans déraisonner, surprendre, recenser, déchiffrer message sur message. J'avance là, mains ouvertes, en aveugle qui ne sait comment accueillir les visions et les signes.

Dans l'extatique présent qui se tient devant moi sans reculer jamais, je capte ce qui me déporte, protège ce qui laisse mon esprit à l'abandon mais réussit étrangement à m'éclaircir le cœur. Je participe à cette ronde effarée qui contredit les équilibres passés, les convictions arrimées, et jusqu'à mon barda d'orient.

Que ton rire dérègle un peu, beaucoup, passionnément la mécanique des sphères, l'ordre des saisons, les mœurs des poissons-lunes, comment cela n'est-il pas encore manifeste ni scientifiquement prouvé ? Et que ton départ a ouvert, à échelle humaine, une interminable ère glaciaire ?

Un désir absolu

ombre où mes mains nues
cherchent tous tes reflets

Paul Eluard

Entre visions et reflets mon amour,
je prends l'empreinte de tes yeux,
le cristal de ton corps jeté dans la lumière.
Je pars nous mettre à l'abri de ce temps.

Où cacher un miracle qui ressemble à un meurtre,
une beauté sauvage qui a changé le signe
de la liberté libre en sombre sauvagerie ?
Où renaître au bleu fou qui dit l'éternité ?

Je donne ton sourire à une bouche d'or,
je laisse tes cheveux recoudre l'infini,
j'attache à ton désir un désir absolu,
j'appelle de ton nom le chant des solitudes.

Il y a je le sais des traces sur le vide,
des blessures qui dessinent le chaos de mon cœur.
Je suis au labyrinthe où je me suis perdu
en rêvant de me perdre sans retour avec toi.

Il y a je le sens un double du royaume
dont on ne revient plus tout à fait mort,
tout à fait seul ni tout à fait vivant,
un miroir aveuglant que tu enlaces en dérivant.

Sans retenue j'avoue tenir à mes aveux,
à ce cri noir du sang, à ce feu sur les lèvres,
à ce qui porte en moi la marque de tes dents
et ce vertige où l'âme semble trouer la peau.

Je te veux dans mes bras comme au ciel,
je te veux à tous les échos essoufflée,
je te veux à bout portant accordée,
je te veux avec moi dans un néant solaire.

Sous les sables parfois on caresse des roses,
des fougères qui furent fascinées par le vent
et des feuilles pareilles à de vieux talismans
que j'écoute me dire où mordre ta poussière.

Tu es partout dans le présent secret,
chaque instant te voit aux invisibles portes
car tu viens désormais du cinquième horizon
escortée en plein jour par un rayon de lune.

Et ton visage est au creux de mes mains,
je le presse si fort sur mon propre visage
que je traverse monts et désastres, ruines ou glaciers
jusqu'à toucher encore cette merveille de nous

entre visions et reflets mon amour.

Blasons

1

Il y a
un poinçon dans ta bouche
un envol dans tes yeux
un fauve dans tes cheveux

un nuage à ton cou
un lac sur tes épaules
des silex sous tes doigts
un signe entre tes seins

un soleil contre tes dents
un soleil sur tes reins
un soleil au creux de toi

et du feu en chacune de tes voix
et une aile arrachée qui t'affole le cœur
et des fleurs sauvages qui t'embrasent le sang

2

Il y a
le rire de l'au-delà des peurs
l'offrande à corps perdu
le plaisir en cascade et volcan

la main passée par l'origine
l'élan qui porte à l'absolu
l'arc d'un ciel couleur de peau
le rapt des fables oubliées

l'aveu d'une passion fatale
le défi d'un désordre à vif
la chance d'un été foudroyant

et ce cri dans l'écume
et cette rosée de l'âme
et l'extase brutale

3

Il y a
des brassées d'étoiles dans nos bras
des poignées de rêves dans nos poings
des passages déroutés dans nos pas

de la poussière d'ange à tes paupières
du rouge d'amante à tes joues
de la sueur de femme à tes hanches
du ressac de bacchante entre tes cuisses

de l'imprévu toujours
de l'inconnu n'importe où
des rendez-vous partout

et puis encore le souffle au large
et puis encore la fièvre au front
et puis encore l'amour sans fin

4

Il y a
ce qui est après ce qui n'est plus
ce désir effréné
cette famine de toi

l'ombre qui va où bon lui semble
éteindre le midi des choses
la ténèbre qui creuse à sa guise
jusqu'au fond de mes os

je suis tendresse dépossédée
je suis fureur en jachère
je suis ce poète tout à toi

et que tu n'entends pas
et qui ne s'entend plus avec sa voix
qui veut rendre gorge

Le brasier des limbes

1

Est-ce le monde
qui part en fumée,
ou son fantôme ?

Il n'y a plus pierre sur pierre
corps sur corps
ni linceul de sable,
terre vannée à tous vents.

Qui s'ingénie
à ressusciter le feu
alors qu'il ne me reste
que l'envers d'une flamme ?

Le brasier des limbes
brûle maintenant de la neige
et du sang.

2

L'eau ne dort plus
depuis que la source chante
ses berceuses d'insomnie.

L'air pulse de la peur
jusqu'au bivouac
des âmes mortes.

La terre lave ses plaies
et ses monstres
sous une pluie de sel.

Le miroir est en feu
comme le labyrinthe des signes
où je te cherche.

3

Au royaume des ombres
on bat le tambour avec des larmes.

Je descends vers toi
mon Eurydice de cendre
les mains couvertes
par la nuit de ton corps

et nos empreintes mêlées
s'impriment dans les flammes
comme le poème affiché
de toutes nos étreintes.

Ô combien je jalouse
l'ange qui n'a pas survécu
au seul baiser donné
à la femme qu'il aimait.

Je suis dans la chambre bleue
ce qui reste de ton cri

Quand je te parle maintenant, à mi-chemin des murmures et des songes, je me demande en quelle langue j'improvise. À peine des mots, un sens qui passe entre deux sons comme entre deux eaux, suite sans repos, envoûtement sombre, continuum d'un chant brisé qui ne peut s'empêcher de chanter.

Toujours paroles en deçà des lèvres, vocalises du dedans, rumeurs où sont nos voix d'amants parties à l'assaut de ma voix seule. De cette voix égarée, démunie, aussi inutile qu'une mélopée de forçat.

Tu me pousses à fuir les angles morts de la planète et la complaisance des pleurs. Je te réponds que si je n'ai pas le goût des lamentations, j'entends me montrer digne de ce que je nomme la déploration de midi, afin de forger coûte que coûte une douleur verticale avec un peu de haut soleil.

C'est évidemment à Garcia Lorca que je pense, à son *Chant funèbre pour Ignacio Sánchez Mejías*. J'en transmue de brèves séquences, et te rejoins en ce parler d'Andalousie que tu possédais beaucoup mieux que moi...

Tardará mucho tiempo en nacer, si no es milagro,
*una mujer tan clara, tan rica de aventuras**.

* De longtemps ne naîtra, si ce n'est par miracle,
une femme si claire, si riche d'aventures.

L'avenir, Federico le neutralise simplement en *plus tard**, sans ignorer pourtant cette zone incertaine qui, mystérieusement, oblige : ce legs de presque rien que nous ferons à plus démuni que nous.

Car le futur, où sans être tu as toute la place, est devenu le roi-mendiant d'un apologue que je laisse sans morale. Regard éteint, tête haute, c'est ainsi qu'il va, marchant sur son ombre et suivant ton fanal. Debout par entêtement, debout sans plus se poser de questions, à la fois suzerain et vassal de l'éclipse où tu danses.

* *Je chante pour plus tard ta silhouette et ta grâce.*

Avec toi pas le temps de fixer des vertiges. Tu as fait de ta vie une œuvre-vertige, et de la mienne l'écho de ce qui t'a foudroyé. Je suis dans le sans-fin qui veut et ne veut pas finir. Dans l'harmonie qui veut et ne veut pas blesser. Dans le poème qui veut et ne veut pas crier.

J'appartiens à chacun de nos instants, à chacun de nos gestes, à chacune de nos caresses, à chacun de nos appels en cascade, à ce que tu as secrètement recopié de ma voix par bribes au répondeur. J'appartiens aux strophes qui ont trouvé ton souffle et en un éclair m'ont fait pareil aux dieux. Comme Hölderlin, je jure qu'*il n'en fallait pas davantage*.

Camp 2

Si loin si proche
dans un envol de neige
par syncope du destin
la vie entrevue et perdue.

Sable et cendre

Les jours dérivent,
mais ne peuvent rien
contre le refuge hors
du temps, où tu es.

Les chiffres tombent
des calendriers, en ordre,
tic-tac mesuré de ce qui
reste sans mesure.

Je vole chaque instant
grain à grain
au sablier, mes mains
se couvrent de cendres.

À l'épaule ce matin
le soleil me transperce.
Je saigne de la lumière
depuis que tu m'es passée

dans le sang.

Où aller

Plus de voyages au long cours,
je creuse ton départ
et le grand vide en moi
qui tue l'éclat du vide

avec au cœur
cette avalanche
qui saccage un à un
les bivouacs de la vie

Prière sans objet

Nulle icône chez moi
pour écouter, grave et triste,
à ma place.

Mais je vis de la même attente vaine
que cette femme qui implore
le retour d'un fils
déjà tué par la tempête,
dans un poème de Cavafis.

Mais je vis de la même illusion
que cette figure peinte en rêve
et qui sait sans retour,
grave et triste, à ma place.

Pour une nouvelle cantate

Tu es dans le temps arrêté,
étoile immortelle
de mon ciel qui se meurt.

Soudain

Beau désir
intact,
comme éternel,

tant que se lève
ton linceul de lumière.

Bastille

Nos corps, ni timides
ni farouches dans la chambre
bleue de cet hôtel, où toutes
les chambres sont bleues.

Encore aujourd'hui
il me souvient en secret
du plaisir éclatant et des poèmes
que je te lisais à mi-voix,

celui surtout de Bilhana
qui revoit sa bien-aimée
riant et ployant sous le doux fardeau
de ses seins, et qui invoque

le dieu indien de l'amour, Kâma
l'archer aux flèches de fleurs.

À l'impossible

Là-bas
(deux petits mots
avec leur trait d'union
entre des lignes de fuite)
comme un aimant
qui attire la poussière
de l'or du temps...

Là-bas
(plus magique
que le nom mêlé de songes
d'une ville inconnue)
comme un appel impérieux
qui n'appelle rien
ni personne...

Là-bas
(autant que possible
sur les routes que j'invente
pour m'en remettre
à l'impossible)
avec toi.

Bleu

Allié de toujours le soleil
me blesse. Trop porté
au triomphe, trop glorieux. Il me jette
dans un jour qui m'accable.

Je lève les yeux, m'accroche
aux nuages qui glissent avec une sorte
de tendresse. L'azur alentour
n'est d'aucun secours.
Je cherche jusqu'à me perdre
ce que j'appelle ton cœur de ciel.

Coda

Vertige et danse
au long des nuits

où est ce corps
qui se déchaîne
avec le feu

promesse peut-être
clouée au cœur
de ta présence

je ne sais plus
si ça m'écorche
ou m'éblouit

pour la beauté
de loin risquée
jamais éteinte

au long des nuits
vertige et danse

C'est déjà plus loin que nos vies

Chaque jour je rends grâce à cet amour qui m'envahit, qui d'un même élan m'exile et me sauve. Rien ne lui échappe : aucun lieu, aucun être, aucun sentiment, aucun projet, aucune création.

Prisonnier sur parole qui ne fait plus la part de la chance ni celle de la malédiction, j'explore une commotion féroce que je n'entends pas apprivoiser. Je garde la rage au corps, et pas seulement aux dents et au cœur. Je vais sans doute l'âme à l'envers.

Quand je ne pense pas à toi, je pense à toi. Quand je parle d'autre chose, je parle de toi. Quand je marche au hasard, j'avance vers toi.

Je quitte les livres où tu n'entres pas. Je jette les poèmes qui ne trouvent pas tes lèvres. J'efface les tableaux qui n'attirent pas tes yeux. J'éteins les chansons qui n'éveillent pas ta voix.

Et que dire de la détresse qui me balaie en traître au seul mot d'avalanche dans un bulletin d'informations, à l'annonce d'un accident de moto du côté de la Bastille, au plus léger flottement d'un parfum d'Issey Miyaké, au spectacle du joyeux corps à corps de deux adolescents filmés par Kusturica dans un champ de tournesols ?

Fatalement je transfigure tout ce que j'aime : les complaintes, les ballades, les mélodies. Je change les intrigues, imite les accents, maquille les décors, piège les répliques, congédie les héros. Jusqu'à improviser en des langues que je ne comprends pas, sur des scènes que je ne connais pas, sous un ciel qui n'existe pas.

Que ça m'appartienne ou non, je t'offre ce qui a été créé de plus sublime, de plus sauvage, de plus magiquement accordé à ton image. Tu m'as écrit : *Je suis femme de partout,* et tu es partout, et tu es toujours, et tu es mon amour.

Poème à peine commencé

Je rêve à ce que tu sais

Possédé je suis
corps et âme
souffle et songe.

Je me perds à ce que tu es

Possédé je suis
jusqu'au supplice
jusqu'à l'extase.

Je m'abîme à ce que tu aimes

Possédé je suis
depuis que tu m'as
dépossédé de nous.

En la saison d'absence

(Rituel)

Il n'est pas de fleurs
pas de pierres
pas de ciels
où je ne t'ai cherchée

Il n'est pas d'océans
pas de déserts
pas d'horizons
où je ne t'ai rêvée

Il n'est pas de villes
pas de cercles
pas de limbes
dont je ne t'ai délivrée

Fille de l'éclair
et du temps balafré
tu signes avec du sable
les gouffres de la nuit

Nous avons marché
si légers sur des ombres
qu'il reste à peine trace
de nos pattes d'oiseau

La feuille
est une fenêtre close
qui chaque jour voit le jour
où monstrueusement tu n'es pas

Combien en ai-je écrit
de ces versets du vide
qui chantent le néant
avant que tu y sois ?

À la croisée des mondes
je veux être qui sait
le guetteur de ton pas
ou l'écho de ta voix

Dans le ciel ce qui passe
ne passe pas pour moi
le chemin des nuages blancs
ne monte que vers toi

Derrière les persiennes
tu ne dors ni ne veilles
tu t'effaces et je rôde
en la saison d'absence

Sur le mur les entailles
n'appellent nulle échappée
nulle remise de peine :
je ne les compte pas

Chaque jour en silence
au couteau de l'aube
au poignard de midi
je redis que je t'aime

Chaque nuit désinvestie
de sommeil et de songe
je jette à la trappe comme à la mer
des poèmes d'amour

Étoiles et cendres mêlées
le tourbillon qui se lève
devient migration froide
tourmente de tourments

À mains nues je vais
protéger ce qui s'évade
escorter encore moins
que la buée de ton départ

C'est presque rien en vérité
une nuée d'éphémères
déjà noyées
au fond d'un puits

On a remis la grille en place
il n'y a pas à supplier
j'ai vu le lieu face à face
où l'avenir n'aura pas lieu

De partout naissent des signes
que faire de ces prophéties
qui n'enchantent que la chair
d'une promesse saignée à blanc ?

Autour d'un éventail
un vol de papillons
une ronde innocente
à force d'être cruelle

Soupirs et pleurs
spectres semés à la volée
j'ai peuplé l'hébétude
de tournesols qui n'existent pas

Par-delà l'espace et le temps
contre toute raison et tout sens
il est plus de vingt vaisseaux ruinés
qui semblent en partance

Est-ce un regard ou une barque ?
Qui peut voyager dans tes yeux ?
Descendre un fleuve de terre
en se croyant passager ?

Par-delà notre amour massacré
j'invente un amour insensé
où il se peut que sans honte
je vive dans ta lumière

Qui chante ?

Haut le corps,
ose encore !

Haut le cœur,
rien ne meurt !

Je donne
la pulpe de mes os
pour croire
à ces refrains !

Amour et poésie

Tu es la voix
qui répond à ma voix,
sans elle aucun poème
ne peut fasciner l'écho
qui mêle la rumeur des amants
à la poussière des siècles.

Tu es celle
avec qui je vais
mot à mot enlacé
donner corps à notre chant,
prendre langue et mesurer
la démesure inaltérable
d'une magie mortelle
qui ne peut pas mourir.

Tu es pour moi
comtesse de Tripoli
autant que louve de Pennautier
et je m'en vais pèlerin
par les chemins d'Antioche
ou ménestrel changé en loup
dans les pierres de Provence.

Tu es l'énigme
qui me voit venir de loin
mais se dévoile sans façon :
amour et poésie obligent...

Je vais te faire passer les siècles

(C'est en lisant *La Fin'Amor. chants de troubadours.* de Jean-Claude Marol, publié en Points/Sagesse aux éditions du Seuil, que j'ai imaginé les proses et les poèmes qui suivent.)

Je chante ma Dame de l'autre rive
comme un troubadour dément
qui ne rend pas les armes au temps
ni sa raison au goût de vivre.

Il est des voix dans ma mémoire
jamais entendues jusqu'ici
avec l'intensité du cri
perçant à jour toute l'histoire

des amants de l'amour extrême
qu'aucune mort ne sépare
tant qu'ils échangent des poèmes...

et je me refuse à ces lois
qui voudraient que se répare
ton absence par l'oubli de toi.

1

Cercamon était jongleur, poète, musicien, chanteur. Plus souvent sur les routes que dans les châteaux. On l'entendit pourtant chez le duc d'Aquitaine. Il avait le verbe violent comme d'autres le vin. D'où un profil d'imprécateur. En amour aussi : emporté, fervent, superbe.

De lui, parti du douzième siècle, je garde un trait qui a marqué mon âme.

Il me plaît qu'elle me rende fou...

Il me plaît qu'elle me rende fou
la femme qui n'est pas revenue,
qu'elle me force à plus d'insomnie
au-delà du sacrifice, à plus d'offrande.

Passion, mais pas de bras en croix,
passion pour étouffer l'effroi,
passion des lisières hantées,
passion de notre passion enchantée.

Il me plaît que ce soit toi
qui m'enjoigne de changer la mort
et de serrer entre mes bras
la haute migration de ton corps.

2

Éprise du seigneur de Montpellier Gui Guerréjat, dit le Batailleur, Azalais de Porcairagues échangea aussi maintes chansons avec Raimbaut d'Orange.

Du seul chant qui reste d'elle, je veux le vers le plus court.

J'ai le cœur dévasté.

symbolique → court et puissant
→ dernier chant

fin et commencement

référence à Azalais

J'ai le cœur dévasté.
C'est l'hiver en été, le soleil
dans les glaces, mes lèvres
sans la marque de tes dents,

le noir jusqu'au fond du ciel,
le noir jusqu'au fond de l'aube,
le noir jusqu'au fond des os,
le noir d'un œil piétiné.

Je n'ai même plus ton ombre
sur ma bouche, même plus
tes lettres du bout du monde.
À quel miroir t'arracher ?

3

Il aimait la guerre et les femmes, chantait l'une et les autres avec fougue, esprit de conquête. Bertran de Born en tenait pour la vaillance, le panache, et des manières fort brusquées. On le disait « bon guerrier, bon amoureux, bon troubadour », alors qu'il était en tout lieu une sorte de trouble-fête jetant à la volée : « *De vous blâmer m'est un régal, puissants seigneurs...* »

Rien là qui prédestine à fuir l'agitation du monde pour vingt années de silence reclus en l'abbaye cistercienne de Dalon. C'est pourtant ce que Bertran de Born fit soudain, en 1196, à l'âge de trente-sept ans, choisissant l'existence immobile après une vie au galop.

Je lui envie ces quelques mots qui lie passion équestre à passion tout court.

L'amour veut un amant cavalier...

L'amour veut un amant cavalier
pour prendre la norme de vitesse,
battre les horizons
de pays en forme de présages.

Rien n'est éloigné de nos songes,
rien n'est trop fort à nos désirs,
rien ne peut faire que l'on renonce
à ce qu'il y a d'absolu sous nos pas.

Tu es la fée de mes emportements,
famine qui me dévore, tu es l'orgueil
de cette course à jamais déroutée.
Je veux mourir de mort violente.

4

Jeune chanoine converti à la jonglerie des idées, des sons et des mots, Peire Rogier fut le favori de dame Ermengarda à la cour de Narbonne. Avant que celle-ci ne le congédie soudain pour prouver à tous que les jeux de l'amour courtois n'avaient pas entamé son esprit de décision. Après quelques séjours dans les cours du Languedoc et d'Espagne, Peire Rogier se fit moine et rejoignit l'ordre de Grandmont.

Je lui emprunte deux aveux au timbre clair.

Par son amour, je vis.

. . .

Connaissez ma passion :
je n'ai jamais autant aimé une femme.

Par son amour, je vis.
Je sais qu'il ne s'est pas perdu
corps et biens dans l'oubli. Je sais
qu'il m'impose une autre vie.

Pas une éternité peut-être
mais une clairière dans le plein jour,
mais un destin à fleur d'étoile,
mais de la rosée sous les pierres.

Ce n'est pas croyance que tout ça,
juste un oracle à bouche humaine...
connaissez ma passion :
je n'ai jamais autant aimé une femme.

5

Clerc sans fortune, d'abord attaché à l'évêché de Périgord du côté de Marolh, Arnaut n'avait que son savoir pour bagage. S'il vagabonde, c'est d'abord par nécessité, avant de trouver quelques attraits au voyage, quelques déconvenues aussi. À Béziers, il rencontre la fille de Raimon VI de Toulouse, déjà connue sous le nom de *comtessa de Burlatz,* et déjà courtisée par le roi Alfonse II d'Aragon. L'amour qu'il conçoit et avoue pour la dame lui vaut bien des tourments et le contraint à se réfugier chez son ami Guillaume de Montpellier. Dans ses chants, il se montre téméraire, quasi inconscient, comme sous le coup d'un fol éblouissement.

Deux lambeaux de ses vers me déchirent tout le corps.

...je veux faire l'escalade au plus direct,
sans messager; et aller au sommet...

Je veux faire l'escalade au plus direct,
sans messager ; et aller au sommet où tu es.
Arriver dans l'axe du soleil de midi
pour ne pas répudier mon ombre.

Monter lentement de saison en saison,
monter à l'assaut de plus que moi,
monter pour accomplir le pacte,
monter sans idée de retour.

Je n'ai ni ta vaillance ni ta grâce,
je ne danse pas à l'aplomb des cascades,
je ne dors pas dans les nacelles du vide,
je tente loyalement l'impossible.

6

Troubadour de longue errance, ce fils de pelletier toulousain charmait les grands de par le monde. Peire Vidal court ainsi l'Espagne, la Provence, la Hongrie, l'Italie, l'île de Malte, la Palestine. On lui prête une belle carrière amoureuse, mais les chroniques ne portent trace que d'un baiser volé à l'épouse de Barral de Marseille.

C'est une lecture très personnelle, à la limite du détournement, qui me fait chérir quatre de ses vers :

Ils pourront trouver réconfort
en moi tous les autres amants,
car par un labeur surhumain
je tire un feu clair de la neige glacée...

Ils pourront trouver réconfort
en moi tous les autres amants,
car par un labeur surhumain
je tire un feu clair de la neige glacée.

Mais je sais que c'est ta force
qui me jette vers le haut,
qui m'interdit de céder,
qui me souffle dans le cœur.

Les mots de mes poèmes
sont des mantras de toi,
des halètements qui me portent
et qui te lient à l'inouï.

7

Né près de Rocamadour, Uc de San Circ avait le goût du risque et de la fantaisie. À Montpellier, plutôt qu'à l'étude des lettres, il s'adonne aux chansons et préfère l'état de jongleur à celui de clerc. Il se marie en Italie, vit en Espagne, voit son château rasé pendant la croisade tandis que le tribunal ecclésiastique de Trévise le juge complice de l'hérésie cathare. Dans les combats passionnés de la foi comme dans ceux de l'amour, il eut sans doute l'intuition d'un destin sans pitié.

J'entends son souhait, à résonance orientale, et ne m'en contente pas.

Quand, en un seul jour, tout se fracasse et se brise
...
il faudrait savoir trouver son élan dans la défaite
autant que dans la conquête.

Quand, en un seul jour, tout se fracasse et se brise,
il faudrait savoir trouver son élan dans la défaite
autant que dans la conquête. Il faudrait pouvoir
partir à la suite d'un nuage dans un ciel déserté.

Je me remémore tous les livres d'Asie,
je convoque les viatiques qui furent miens,
les aventureuses sagesses où je puisais
et les chemins non balisés vers les vallées secrètes.

Qu'en est-il de cette errance que je voulais
souveraine ? Qu'en est-il du divin éveillé
en nous ici et maintenant ? Qu'en est-il
de nos exploits en ce jour de débâcle ?

8

Témoin de la fin des temps de *La Fin'Amor*, Guiraut Riquier fut le dernier à porter haut l'art du *trobar*. Né pauvre à Narbonne, il sert successivement Amalric IV, Alfonse X de Castille, puis Henri de Rodez qui l'accueille au château de Montrosier. Il y improvise les ultimes chants d'un monde qui, spirituellement, socialement et poétiquement, n'existe presque plus.

De lui, je retiens ce cri.

Je suis piégé comme un écorché vif.

Je suis piégé comme un écorché vif.
C'est tout le corps qui s'est mis à crier,
toute cette surface de moi qui n'a plus rien
à recouvrir, plus rien à préserver.

Au-dedans au-dehors la blessure
est sans lèvres, sans repères,
comme la mémoire où je sombre
n'a ni centre ni surplomb.

Qui oserait se plaindre ?
Porter une fois ton manteau
comme une toison d'or
vaut d'y laisser la peau.

9

Sauvé de peu du grand oubli, il s'appelait Ponç d'Ortafa. Fils de Brunessen et Grimau d'Ortafa, il fut seigneur en Roussillon au début du treizième siècle. Sa vie n'a laissé que deux chants en écho : en tout, vingt-quatre vers.

Mais une strophe me suffit à l'entendre aujourd'hui comme un frère.

J'ai perdu tout savoir.
À peine sais où me trouve,
ni d'où je viens ni où je vais,
ni ce que fais soir ou matin.
J'en suis là
qui ne veille ni ne dors
et ne veux vivre ou mourir.
Le bien, le mal ne me concernent pas.

J'ai perdu tout savoir.
À peine sais où me trouve,
ni d'où je viens ni où je vais,
ni ce que fais soir ou matin.

J'en suis là
qui ne veille ni ne dors
et ne veux vivre ou mourir.
Le bien, le mal ne me concernent pas.

Même le silence a encore à se taire,
même mon regard doit encore s'aveugler,
même ma démence se mettre à raisonner
et mes poèmes déchanter pour chanter.

Comme le premier des troubadours
me voici le dernier sur terre
à faire assaut d'adoration
en te couvrant de fleurs brûlées.

Tu es ma merveille à jamais,
tu es ma flamme buissonnière,
celle qui court devant moi
mettre la mort en feu.

Je chante ma femme de l'autre rive
comme un rôdeur survivant
qui a jeté son âme au vent
sans plus de soleil à poursuivre.

Il est des signes dans ma mémoire
jamais entrevus jusqu'ici
au cœur fatal d'une folie
improvisant toute l'histoire

des amants de l'amour extrême
qui sont partout où l'on s'égare
armés de foudroyants poèmes...

et je me refuse à ce monde
qui ne sait quelle clarté se fonde
sur le chaos de ton départ.

Qui-vive

Les jours passent et rien ne passe
mon amour mon amour mon amour
je n'ai rien cédé au temps.

Viens que je t'emporte
viens sans autre escorte
que le feu de ma bouche
et un battement d'aile.

Ton corps n'a plus de frontière
mon amour mon amour mon amour
il est une errance fertile.

Viens à toutes forces
détruire l'ordre qui veut
éteindre nos secrets,
défaire nos destinées.

Sur le qui-vive et sans peur
mon amour mon amour mon amour
notre chant durera autant que la lumière.

À l'infini

Là-haut, tu es. Là-haut quoi qu'il advienne,
femme-soleil d'un miracle à jamais
que rien ne sépare de la pure lumière
ni du souffle ascendant de notre amour promis

à une autre altitude. Tu es là, hors d'atteinte,
hors du monde où meurent les âmes et les corps.
Tu danses sur l'horizon que je porte en moi
pour abolir l'espace et le temps. Tu vis à l'infini.

(Lu pour la première fois le 27 juillet 1999 dans les grottes de Choranche, avant le récital de François-René Duchâble et Alain Carré donné pour toi, à l'initiative de Marc Batard.)

Divination

Capté à Chamonix en avril 1946
par Stanislas Rodanski,
j'accueille à mon tour l'oracle
qui a troué le temps :

Mes poèmes sont justes
je vois l'Amante commencer son règne

Une autre altitude

Quand j'atteindrai le sommet…
Laissez-moi chanter
parce qu'en chantant
[…]
je verrai la seule étoile
qui n'existe pas.

Federico García Lorca

Dans le ravage
Dans le feu
Dans l'étreinte
Du corps et de la mémoire

Contre les lunes froides
Les larmes à venir
La fureur qui tire
Son dernier plan sur la comète

Je sais l'effort sans objet
Des conquérants qui passent
Par l'impossible porte
Jusqu'à perdre plus que le souffle
Plus que le viatique d'une autre vie

L'âme est cet irritant mystère
Que rien ne touche
Ni la pointe du scalpel
Ni le bout de la langue
Elle est tout entière du voyage
Sans retour et sans âge

Au plus près de toi
Je suis toujours à la limite
Tu es ce que j'ignore
Errance sur quelle ligne de fuite
Errance affranchie du décor

Se cherche entre nous un accord
Aux échos d'un monde dispersé
Offrande que je te fais
Jour après jour assez fervente
Pour tenir à l'aplomb de midi
Et toutes normes inversées
Dans un surplomb du ciel

On dirait que mon ombre s'efface
Quoi qu'il en soit du secret
Ou du vieux pacte des pays dépaysés

Nous avons visiblement forcé
Les rivages invisibles
Qui n'escortent aucun fleuve
Aucun glacier aucune source

Le lieu prédestiné
Mon amour est partout
Il est inaccessible
Et pourtant

Ensemble c'est pour brûler
Au-dessus de nous-mêmes

Le chemin est pour toi
et pour toi l'escalade

Où que j'aille, quoi que je fasse, c'est porter une grille sur le dos. Un poids d'acier tressé qui marque les épaules, labyrinthe dont j'assure la garde et qui me tient captif.

Libre de mes pas, libre de mes désirs, je peux courir tous les ailleurs possibles. Mais je refuse d'échapper à ce tournoiement qui traque encore plus profond le chaos de lumière changé en cœur de nuit, en bouche de ténèbre au grand jour, si peu en miroir d'oubli.

Les yeux ouverts, les yeux fermés, il n'y a que la vue verticale. Ce qui vise le ciel, et toi.

Aux fondrières du temps, je vis la tête à la renverse. Qu'importe la ville ou le désert, la clairière, l'océan, la steppe. Seule compte l'évasion abrupte, l'attraction qui déporte du cadre, abandonne hors champ, les ailes fatalement brûlées.

Je suis cette tension entre une chimère terrestre et un rêve azuré. À l'abordage d'un naufrage ascendant. À l'abordage d'une autre perdition. Pour franchir le sas de ce réel étroit. Pour percer le sens de ce piège mortel.

Si l'ordre de la création est à prendre ou à laisser, je choisis avec toi le jeu sans retenue de l'espace. Qu'au moins nos atomes se donnent à une danse que rien n'arrête.

Matin clair, transparent, léger comme une absurde résurgence, avec l'irrépressible envie de mordre les nuages. Soudain tu es là, plus présente que le reste de l'univers, femme tout entière dans l'instant volé, amour tout entier sur les êtres, les bêtes et les choses. De la branche de l'arbre aux ailes de l'oiseau ou aux pleurs de l'enfant, c'est un battement de joie cruelle. Une alarme, oui, une alarme.

Et je déchiffre ma partition avec un violon de fête qui a une âme de pierre. Sans ta voix, il n'est plus d'écho en montagne.

Par cent chemins je suis passé, et souvent par cent chemins à la fois, jusqu'à toi. Pas un secours n'ai accepté. De quoi oserait-on me sauver ?

J'ai cherché l'élixir de longue vie pour en saccager la formule. J'ai cherché un ange rouge qui me rende muet. J'ai cherché l'icône dédorée, sœur des suicidés. J'ai cherché le Mont Bleu dont parle Meng Haoran. Et ne me suis cherché aucune bonne raison.

Par quel prodige fou, pour quelle lueur folle ai-je rejoint les pentes qui n'appartiennent plus à la terre ? Je vais vers des ténèbres blanches avec une volonté de voyant. Marche à l'invisible, marche décidée en corps et en esprit, marche lucide qui doit vaincre depuis que tu as mis Orphée au défi.

Promesse

Je commence ton poème dans un nouveau vertige
À chaque instant au bord du ciel
Près d'une cascade de glace que je ne peux gravir
Ou quand je vais trop vite en moto

Ce ne sont pas les mots qui me manquent
Toujours aussi disponibles presque complaisants
C'est moi qui hésite
N'en veux plus
Comme s'ils étaient soudain sans saveur à ma bouche
Opaques à mes yeux et saignés à blanc

Ce n'est pas tant le sens qui s'effondre
Mais la vie maintenant est en mal d'insolence
Nous avons perdu notre avance
Prométhée ne vole plus que des cendres

Je garde une étrange contrée
Pas un pays une promesse
Aussi forte que l'éclair
Une clairière à fleur d'orage
Où rien ne rentre dans l'ordre

Près de moi jamais rangées
Tes bottes de sept lieues sont en état de marche

Aimer

Une fée est cachée en tout ce que tu vois.
Hugo cité par Aloysius Bertrand

Longtemps j'ai fait mon miel du néant
Comme à la bouche vient l'eau des limbes
Certains soirs
Comme il est doux de s'éloigner de soi
Sans un adieu
De quitter ce qui n'a pas clairement de nom
Une zone d'avant qui
Un no man's land de quoi
Royaume si profond dans une tourbe sombre
Avec le sommeil en visiteur confiant

Je ne pensais qu'au peu d'angoisse qui me hante
À me savoir fardeau d'oubli
Égal au seul poids de la peau et des os
Jusqu'à ton corps sous l'avalanche
Jusqu'à tes yeux dans le noir

La peur ne m'a pas envahi
Elle rôde mais ne règne pas
Les choses ont perdu au change
Je n'ai plus foi dans les pierres
À peine dans le soleil et les sables

Je m'accroche à des mots en boucle
Dont la musique est une ivresse
Aimer d'un amour sans limite
Aimer d'un amour sans espoir
Aimer dire et redire que je t'aime
Aimer ainsi comme l'amour aime
Me laisse un destin d'assonances
Martelées jusqu'au délire

En chaque atome des univers
Il y a
L'impensable que je pense
L'énigme que j'embrasse
La quadrature de toi

Zénith

Tout est passé sous tes pieds
Jusqu'au dernier soleil
Je t'adresse dans le grand silence
Ce que les lettres assemblent
Et désassemblent en se jouant de moi
Sur un écran qui se déchire
Comme à midi l'intuition d'un lever ardent
Prédit par une messagère

C'est l'heure où tanguer tu le sais
Tourner pour de bon au zénith
Le long d'une corde inhumaine
En revenir devin ou fol
Les lèvres bleues l'âme transparente
Sans même injurier la terre

Fumée

J'ai des envies de terrain vague
Quand le jour s'abîme derrière l'horizon
Et laisse une brèche rouge pour les yeux

Il est des ombres écorchées dans les ronces
Des pneus jetés au fond du ravin
Qui brûlent comme autant de cercles parodiques
D'un enfer en loques

Il n'y a pas à détester cette fumée nocive
Présage d'un rituel sans rêve
Pour un sommeil de brute

Les tôles raniment au moindre vent
L'âme rouillée d'une sorte de violon
Pareille à la plainte des loups

C'est l'heure des questions sans réponse
Et d'un désir sans usage
Je voudrais boire la pluie
Dans tes cheveux et sur ton cou

Être à nouveau en friche

Éclaircie

La chambre des mystères est nue comme la main
Je me demande où dort le peuple des ombres
Même le soir rien n'est sombre
On n'a plus à attendre demain

Dans la rue je reconnais ton pas
Tu es la tout insensée qui danse
Avec des chaussures fleuries
Sur la jungle des trottoirs

Il se peut que je coure comme un fou
Aux quatre coins d'un monde surpeuplé
Où personne n'écoute personne
Ni le crescendo de ton rire

Je décide seul de la route
Je ne veux pas savoir où je vais

J'attends l'éclair noir qui porte la nuit
Je rêve d'une éclaircie fatale

Le jour pousse une pierre tombale
Ce n'est pas le bout du chemin
Quelqu'un a pris toute la place

Un tourbillon de poudre d'or
Monte à l'assaut de mon cœur

Quelque part

Quel ciel
J'ai mis un miroir dans les nuages
À refléter l'infini
Et dériver d'une illusion
L'autre

Du côté bleu ce sont les corps célestes
Blasons de désirs vagabonds
Sans poids
Comme échappés à des étreintes de lumière
Il y a là des torses et des épaules
Des nuques et des croupes
Peu de visages en transparence
Ou alors déjà passés dans le blanc
On ne leur donne pas de nom

Le regard le plus nu cherche une présence
Un battement d'aile
La plainte d'un ange abandonné de tous
Et qui sait que l'azur est désert

Y a-t-il une trace une seule
Quelque part
Haleine posée sur l'horizon
Sourire au creux des sables
Caresse qui cesserait d'être anonyme
Quelque part

Ce monde est en partance
Destin de fumée sur fond de matin éclatant
Je lave mes yeux par une sorte de sursaut mystique
Qui veut que je me lève
Pour saluer encore et toujours plus haut que nous
La beauté

Au-dehors tout est vide
Je mets ton ciel en moi

Jusqu'où

Il y a sur terre
Plus d'une Auberge du Bout du Monde
Où tu m'attends

Pas d'abri sur les lointains
Le vent me couvre
Je ne sais ce qu'il emporte

Jusqu'où faut-il donc que je marche
Le jour en plein désert
Le soir sur des feuilles mortes

Si je m'arrête c'est là
Que le souffle me manque
Et le cœur aussi

Tu es toute dans le suspens des choses
Follement présente
Éclair joyeux qui me laisse aveuglé

Ton corps d'altitude

Comment jeter encore un regard dans la tourmente où plus rien ne peut s'égarer ? Poursuivre sans savoir quel seuil a été franchi, ni si le pied a pris appui de l'autre côté du mirage ?

Le crédit du hasard est épuisé. L'aura de la magie s'est éteinte. Je retrouve la voie violente et sage de l'illumination, quand l'expérience est un corps de lumière qui traverse la glace et les déblais, les visages, les cendres et jusqu'à la ferveur et au feu.

Toi, tu es l'éclair que je porte et qui foudroie ce que je n'avais qu'entrevu. Tous ces livres que j'avais lus sans les vivre, tous ces poèmes qui avaient gardé leur double secret, leur fièvre sacrée, leur leçon de ténèbres.

Ciel dont j'ai dépassé la nuit, disait Éluard, et je ne devinais pas combien l'azur cache une armure sombre. *Ma tête est une boule pleine et lourde*, disait Reverdy, et je ne pressentais pas cette gangue en mal d'abîme. *Tu peux en confiance m'offrir de la neige*, disait Paul Celan, et je caressais de la main de grandes marges blanches.

Une voile ou un drap flotte sur nos montagnes, épousant pics et précipices, glaciers et vallées, sentiers et surplombs, couvrant cette vision immense qui nous a mis en marche, gommant les repères, les parcours, les noms. C'est le relief fantôme du troisième pôle que nous avons imposé à la terre. Il n'y a plus d'Everest ou de Kangchenjunga, d'Annapurna ou de Dhaulagiri, mais une ligne de crête saccadée, trace livide de nos battements de cœur.

Au sommet, quel que soit le sommet, je retrouve les papillons d'altitude qui ont du ciel sur les ailes et veulent toujours se poser sur le dos de ta main.

Il doit y avoir un accès inconnu, affluent d'une autre réalité qui d'un coup nous passe dans le souffle et déjà nous réinvente.

Au commencement de l'effort musculaire est le verbe. Les mots grimpent des chevilles aux genoux et aux cuisses, des reins au torse et aux épaules, avant de monter à la tête ou de se mettre en bouche. J'en tiens pour ce pacte physique qui se voue à la plénitude du chant, pour ce mantra qui assemble et disperse plus d'univers qu'il n'en fut jamais créé.

Celui qui tente d'être aussi haut que toi a le sang qui bat au-delà du sens. Il a l'oreille des dieux mais ne s'en laisse pas conter.

Sacrifice

Quelle délivrance invoquer
Qui m'enchaîne à toi
Plus sûrement que ce défi sans fin

Je ne ressuscite pas une prière perdue
Ni une action de grâces qui aurait peur d'agir
L'effraction est à venir
Aussi soudaine que le désespoir
Aussi cruelle que le sacrifice d'une fleur de soleil

Il n'y aura plus d'élégie
Plus de reprise de sanglots au refrain
Même si les accents de la malédiction
Remontent métronome
Tous les quarante-neuf jours

Hors vous mes amours mortes
Que reste-t-il au monde

Un rocher roule sous les pieds
Ce n'est plus un danger

Sans être d'aucune façon assuré à la terre
Je vais très loin de moi
Très loin de celui qui peut dire
Pourquoi il est venu et ne se connaît plus
Tandis que les nuages tombent comme des sacs

Un rocher roule au torrent
Ce n'est plus une menace

Quand nous serons face à face
Sous le grand manteau blanc
L'ombre blanche effacera mes fatigues
Et voilera ma voix

Hors vous mes amours mortes
Que reste-t-il au monde

Le sel et l'or

Le vertige n'a qu'une parole
Plus rien ne me sépare de toi
Il neige depuis des mois
Sans que je sorte du bois
Où des loups se dévorent

Que je crie ou me taise
Le mur qui s'écroule
Boit la poussière de l'aube
Et s'écroule à nouveau

Dis-moi que c'est assez
De me laver les yeux
Avec du sel
Et de poser mon front
Sur l'épaule d'une ombre

Mes yeux ne voient que ce qu'ils voient
Ton corps de cendre sur la pierre
Les arbres partout déracinés

Mon front ne défend qu'une nuit profonde
Ton secret d'or et de plomb
L'amour partout réinventé

L'horizon a pour toi des prodiges à revendre
S'il faut que je dilapide encore
L'insouciance et la joie
Je n'ai que ce trésor
Épreuve ultime par la preuve de toi

Que je crie ou me taise
Le destin qui se lève
Enchante la lumière
Et s'élève à nouveau

Dis-moi qu'il est possible
De me jeter un sort
Avec ton rire
D'arracher l'impossible
À l'aile de ta mort

Le vide est un songe
Plus clair que les songes
Qui mènent au bout du monde

Tu es dans l'alchimie à naître
La pierre non-pierre
Le talisman et la fée

Quittant les loups qui se dévorent
Je sors enfin du bois
Il y neige depuis des mois
Plus rien ne me sépare de toi
Le vertige a ma parole

Présage

Il n'y a plus de seuil
Plus de maison
Plus de camp
Plus de feu

L'aube de ta main gauche
Étreint le soir de ta main droite
Le jour se fait poussière
Souveraine est la nuit

Entre ton âme que je ne crois pas en peine
Et ton corps d'altitude
Pas d'accablement
Pas de déchirure

Tu ouvres la voie des devins
La transparente

Peut-être à coups d'ongles contre le temps
Présage
Qui tient du miracle

C'est à l'Orient l'étoile nouvelle
Où ta vie magicienne
Annonce le caprice et l'oracle
D'une insurrection sans exemple

D'une résurrection sans nom

Épiphanie

Ma promise déraisonnable
Tu es partie en ton adolescence
Peut-être même avant l'âge de raison
Tu as gardé intactes toutes les notes bleues
Du blues échevelé où tu risquais ton cœur

Aujourd'hui tu revêts une forme sonore
Qu'aucun tempo ne peut corrompre
Qu'aucune rumeur ne peut troubler

Chair de ciel
Haut miroir
Âme de neige
Nombre d'or
Tu enchantes
À jamais
L'impossible

Il n'y a pas eu de supplice
Pas de déclin
Pas de repentir
Corps éphémère aussi éclatant
Que ce corps subtil
Où je te reconnais

Chair de ciel
Haut miroir
Âme de neige
Nombre d'or
Toi traçant
Au plus vif
L'autre vie

Tu sèmes à ton ordinaire des germes de lumière
Qui seront fleurs seulement
Et non fruits
Baisers sur la bouche
Sitôt envolés
Sitôt voués à la beauté
À l'éclaircie reconquise
À la poésie du réel subjugué

Chair de ciel
Haut miroir
Âme de neige
Nombre d'or
Tu incarnes
Ardemment
Le soleil

L'inaccessible porte est ouverte
Elle bat comme l'aile d'un cerf-volant
À la corde coupée

Je sens que le poids de la nuit est tombé
C'est à l'excès de jour
Qu'il me faut tenir tête

Ascension du Mont Analogue

La montagne a bien sa place dans l'âme.
Antonin Artaud

Depuis des années je contemple les pages que la mort de René Daumal a laissées vacantes, comme jetées blanches au seuil du mystère, comme abandonnées une fois pour toutes près du camp de base du Mont Analogue. À peine quelques notes griffonnées qui ne font ni trame ni intrigue pour les deux chapitres manquants, et témoignent que l'impossible ne peut rester en plan.

Longtemps j'ai voulu dire cela *qui devait advenir*, cela *qui devait être la révélation même. Les mots dansaient alors au-devant de moi, je les voyais pareils à des éclats de silex dans le soleil : un geste et ils seraient miens, une avancée plus vive de la marche et ils se colleraient à mes lèvres... mais non, la vision, la rumeur fuyaient à mesure. Je tentais le fameux pas de plus dans l'inconnu, et parvenais tout juste à m'essouffler un peu.*

Sans doute étais-je trop attaché à prendre le relais, à renouer avec une fiction coupée de mes champs d'expérience. C'était bivouaquer dans l'intuition d'un autre pour débusquer une fin finalement frelatée.

L'inachèvement est désormais la condition même de ce récit inspiré, et Daumal n'a pu le poursuivre que sur le terrain de sa propre disparition. Comme si le corps subtil pouvait seul investir une montagne subtile.

Sur les pentes du Mont Analogue, le jeu littéraire et les problèmes purement intellectuels ne pardonnent pas. Une escalade de cette sorte exige, en plus d'un physique et d'un mental à toute épreuve, une aptitude à l'insouciance sacrificielle — don absolu de soi, qui sait avec douceur, gaîté, maîtrise, irradier de proche en proche et jusqu'à la lumière.

Car cela *ne s'invente pas.*

La vie réelle s'est chargée de me forcer la main, l'esprit et le cœur, de m'exclure de ce jeu-là qui s'en tient à des expéditions sur le papier, et solde des comptes jamais ouverts en vérité.

Dévalant un à-pic bien réel, l'avalanche qui a tué celle que j'appelais déjà la Fée des glaciers a tout dilapidé, mais aussi tout réorienté. L'ordre des commencements et des fins a volé en éclats. L'errance des êtres et des choses, des émotions, des sentiments, des secrets, des ténèbres, des blessures s'est imposée à la conscience et aux muscles et aux os, comme ce galop perpétuel où le cavalier ne peut être que sa propre monture.

Ta mort, mon amour, a changé l'amour en destin.

Alors, du plus haut sommet du monde visible au plus haut sommet du monde invisible, de la cime du Chomolungma, la Déesse Mère des Vents, au faîte du Mont Analogue, je n'ai que toi pour alliée, pour confidente, toi pour force et parole.

Si l'autre altitude que je pressens est « inaccessible par les moyens humains ordinaires », il me faut transmuer les mots et les rochers, les souffrances et les psaumes avec la seule volonté de gravir ce chemin sans chemin qui troue l'espace et le temps comme l'aile du phénix a tranché les nuages.

Je me sais plus nomade que jamais. Il n'y a pas de suite à ce qui est sans fin. Notre gîte n'est pas une maison, un reliquaire, un temple ni un livre. Notre ermitage n'a pas de toit, pas de fronton, il est de plein vent et de pleine clarté le passage où nous sommes, esquif aimanté qui s'éloigne de la terre, reste à l'écart du ciel, sans renier la terre ferme, sans congédier le ciel.

Marche d'approche

Bien sûr j'irai seul
Affamé volontaire
J'irai pour te plaire
Serré dans ton linceul

Le sommet t'appartient
Au-dessus des alpages
J'atteindrai le nuage
Qui ne recouvre rien

Il n'y aura plus d'ombre sur la terre
Le soleil sera peut-être entre mes mains
Ravivé
Avec moins de violence
Souverain
Sans impatience

Par l'altitude reconquis
Par la solitude rappelé au désir
Comme le silence à perte de vue dans le bleu et le blanc

Tu as volé mon rire d'enfant
Même si la neige est un trop lourd décor
Et le vent un allié imprudent
Et le vide une bouche déchirée
Muette

Je n'ai dénombré ni les fleuves ni les rives
Les rites ne sont guère pour moi
Je ne veux pas d'une pièce d'argent
Qui bloquerait mes dents
Et ma voix

Tout a été payé comptant
Pour aller où tu voudras

Il y a cette pente continue
Ce mur
Ce combat des reins et des épaules
L'illusion que l'on a un destin à tenir
Coûte que coûte au bout d'une corde

Je lutte à armes inégales
Si peu familier des harnais et des clous
Des bivouacs en pleine paroi
Des réflexes d'insomniaque contre le froid

La nuit l'horizon reste en coulisses
Le ciel n'est pas le manteau espéré
Je joue à contre-emploi
Une pièce qui s'écrit avec les pieds
Mais sans renoncer à porter les mystères
Sans abandonner le souffle à la pesanteur
Sans craindre de déboucher hors d'atteinte
Un pas plus haut

Un pas toujours plus haut
Dans cette approche impossible
Qui passe de l'effroi à l'extase
Comme d'un réel à l'autre
D'une lumière à l'autre
D'un univers à l'autre
Et pour le même amour

Je suis entré dans le refuge
Qui n'a jamais eu de porte
Pas pour reprendre haleine

Ni réchauffer le givre
Le feu passé aussi est un vin qui rend ivre

En amont de ce côté
Il n'est aucune résurgence
Aucune source
Ou alors c'est l'azur

Je n'ai pas de regrets
Tout ce que je peux dire
Je le vis pour de vrai
Avec ou sans délire
Et je pardonne à ma mémoire

La douleur a effacé le masque de la douleur
L'effort a pris le visage que tu attends
Presque transparent
À peu près innocent
Mais sevré d'insouciance

Personne n'acquittera en mon nom
Un salaire de malheur

J'ai des réserves de crépuscule
Pour incendier le petit jour

En cette absence ce qui s'allume
Ce sont des ailes sans retour

Ici les larmes restent de glace
Les lèvres refusent de prier
Les dieux qui occupaient la place
Ont déserté

Cette ascension ne ressemble à rien de connu
Elle attaque toutes les faces à la fois
Comme j'entoure de mes bras
La silhouette imprévue
Qui est toi sans être toi
Qui est là sans être là
Amante éperdue perdue

L'énigme au présent a laissé des empreintes
Et je te laisse guider mes pas
Là-bas
Dans la poudreuse inhumaine
Là-bas
Où le départ est permanent
Là-bas
Qui évoque à l'envers ce royaume de nous

Royaume au-dessus de nous-mêmes
Royaume d'un corps à corps sublime
Fait d'éclairs et de songes
En accord
Avec le dévoilement du monde

Regarde ce que je vois
Au plus près au plus loin au plus invisible
Comme à l'orée d'un bois
La passante qui fuit les branches sombres
Les craquements des bêtes et des choses qui meurent

Maintenant qu'il n'est pas de repos
Et plus du tout d'alarme
Le risque à prendre est sans remords ni calcul
Vers toi
Ma passion verticale tente une marche sous les étoiles
Une évasion jusqu'aux étoiles
Une éclipse dans les étoiles
Un chant légué à qui voudra

J'ai dispersé nos souvenirs
Cherché une zone d'oubli
Quand rien n'efface ton sourire
Au sol au ciel à l'infini

Tu es déjà le fanal
Et la fée
Déjà éveillée
Au rêve des dormeurs
Déjà dansant
Aux camps des nomades
Déjà donnant plus que la fièvre
Aux anges et aux ascètes

Un peu en surplomb des cimes
Tu hantes une ligne de crête
Où la beauté qui se dessine
Est une force que rien n'arrête

Si j'ai reprisé les drapeaux de prières
C'est pour renouer l'harmonie sans espoir
Semer dans l'inconnu un écho éphémère
Qui choisira de s'éteindre à midi ou le soir

Mais toi tu garderas la foi des âmes vives

Pour toi encore
Par toi toujours
La saison insensée où je suis

Change le plomb de mon corps
En or subtil
Illuminé
Jeté à la volée sur le dos des abeilles
Des marmottes
Des papillons

J'ai dépassé ce qui me dépassait
Que j'y reste ou que je redescende
Je ne redescendrai pas

Tu es l'amour à l'état pur

Premier souffle

À partir d'ici
La zone est inhumaine
Il manque le peu et le manque
Rien n'est offert
Tout est donné
Le silence se contredit avec un tambour à l'oreille
L'air a goût d'insomnie

L'effort physique ne se soucie guère des muscles
Il est centré sur un point aveuglant
D'une intensité quasi assassine
Qui dérive en moi très profond

Je dois reconnaître l'obstacle nu
Livide
Qui s'éclaire au-dedans

Je dois m'en détourner et bannir son reflet
Pour être là
Au seul embrasement

Tu m'as souvent parlé
De cet instant précieux
Euphorique
Où s'accomplit d'emblée
Ce qui n'a pas eu lieu

Avec toi j'anticipe jusqu'à mon premier souffle
En cette autre moitié du monde où tu es
Versant inexploré
Qui n'est pas l'autre monde

Traverser voir

L'aube annoncée on ne la sent pas encore
Fêlure dans le froid
Haleine sur les pierres sombres
Un frisson de nuages au-dessus des vallées

La montagne fait bloc avec sa masse noire
À peine si se devine l'ombre du sommet
Contre l'ombre du ciel et la dernière étoile

Je veux devancer le signal
Être déjà dans la vision affranchie de la vue
Ne plus espérer de traces

Le soleil peut surgir
Il me trouvera en amont de sa course
Sans que je prenne mes distances

D'instinct je m'oriente
Sur une parole qui jette une torche sauvage
Terrible et douce
Au labyrinthe du non-retour

Qui est proche de Toi est proche du feu

C'est une irruption réelle
Dans le présent d'os et de chair
D'un amant qui ne renonce pas

Qui est proche de Toi est proche du feu

L'ascension se détache de l'illusion de gravir et de vaincre
Elle vient de plus bas que le camp de base
Explore plus loin que la cime dévoilée
S'en va soudain traverser voir

Qui est proche de Toi est proche du feu

Explosion salvatrice effrénée sacrée
Jusqu'ici enchaînée
À l'inconscient de la foudre

Qui est proche de Toi est proche du feu

Je ferme les yeux
Tu danses sur une cascade de glace
Tu dis : « L'inconnu, c'est ici ; saute donc ! »
Et tu poses un baiser de sang
Sur la face obscure de mon âme

Qui est proche de Toi est proche du feu
La mort est à réinventer
Tout sacrifier à Ton amour n'est pas un sacrifice

Arcane

J'écris sur une table de pierre
Et il me vient des lettres majuscules
Sans être en rien
Homme de loi ou de devoir
Ni simplement prophète
Mais porteur funambule de nos métamorphoses
Sherpa en quelque sorte
De l'expédition voulue
Par le frère juré du Grand Jeu

Tu as mis de l'infini en toutes choses
Et gravé blanc sur blanc
Une amorce de viatique
L'*alap* espéré d'un hymne à la joie
Pris dans la glace de quelque éternité

Le seul mouvement qui élève
Crée peu à peu une région inconnue
Du creux des reins au creux des épaules
Et un plexus vraiment solaire

L'altitude est en nous ce sauf-conduit
Où quelle que soit la course
C'est une sensation de brûlure dans les veines
De nuit dans les artères
Le sang devenu l'enjeu de l'éveil
Proie palpitante qui n'oublie pas d'être
Plus que la danse de la vie brève
Plus que le poème mesuré au diamant

L'accès au Mont Analogue
Jusqu'à l'extase éperdue
Jusqu'à atteindre ce qui ne s'atteint pas
C'est rallier l'envol foudroyant où tu es

C'est creuser plus profond que le néant bleu
Quand le ciel en bas
Sous le bûcher des âmes
Gagne le ciel en haut
Sur l'éclair de l'amour

Je donne maintenant la main aux ténèbres
Je donne maintenant la main aux nuages
Sans plus séparer le sommet de l'abîme
Ni d'où montent les échos
Qui sont autant de voix
Offertes à ma voix
Autant de voix qui reprennent
Les derniers mots de Daumal
Et vous alors
Que cherchez-vous

Et moi alors
Qu'est-ce que je cherche
Quel pouvoir à dérober au destin
Quel bouleversement qui fasse
De la montagne et du labyrinthe
De la source et du gouffre
Un éblouissement si physique et si pur
Une noce où embraser encore
Les paradis vécus

Il faut bien qu'un tel amour
Transcende tous les meurtres du monde
Que ta mort tire de l'ombre
Une aile à sauver la chance

De s'être un jour reconnu
Et chaque jour qui renaît
Toujours se reconnaître

Je ne pense pas qu'à travers nous
Un dieu joue de ses intuitions
Expérimente ou manipule
Mais il y a en nous
Et au-devant de nous
Et au-dessus de nous
Une brèche si claire
Rayon peut-être d'un vieux prisme de divination
Que s'éclaire cette mouvance immense
Dont nous sommes tour à tour l'élan

Sa fulgurante immobilité
Son impassible vitesse

Oui

Suis-je donc à ta suite
Un orpailleur des neiges
Qui n'a plus avec l'Ange
À mener le combat

Autour de nous les traces se sont défaites
On n'enfonce plus jusqu'aux genoux
Le sommet a glissé dans le ciel
Et tu as pris sa place

En ce pli de l'univers
Amnésie du créateur des sphères
Angle mystique de l'espace
Je ne vois que toi à découvert
Que toi pour être le surgissement
Qui se joue du vieil Euclide
Et des cinq postulats

Étoile de terre *symboliquement authentique*
Cristal ultime

Tu es le nouveau nom de l'altitude
Son identité fantasque
Sa chance d'être à jamais nomade

Tu pousses à bout le Haut du monde

Par intuition violente et connaissance éprouvée
Je sais un tel séjour inaltérable
Demeure de ce qui s'évanouit
Palais habité et désert
Comme un chant sans parole ni musique
Qui serait soif de tout poème
Mesure de toute harmonie

Reste pourtant un rire tonique
Au plus aigu de la lumière
Petite cascade en rappel qui rembarre le lyrisme
Qui ravive la crainte d'un ordre faux
D'une chausse-trappe dévote
Où il n'est plus de corps à corps avec le destin
Plus de désir
Plus de colère

Plus de folle sagesse ô combien
Soleil fauve à la bouche
Salve d'or dans les yeux
Infracassable noyau de nous

Il est fabuleux d'accéder
Sans rien céder
Ni rendre les armes à l'indicible
Creuser à la verticale de l'absence
Vers un Kailash céleste
Sans se contenter d'extraire de l'inconnu en creux
Ni une prière au jugé à mimer chez les sourds

Je te parle clair mon amour
Quand je signe ce testament
D'un *oui* définitif
Qui n'abdique jamais

Je n'accepte pas
Mais j'entre dans ta mort
Comme un enfant
Qui n'a pas dit son premier mot

Je n'accepte pas
Mais je porte hors du fleuve

La barque bleue
De ta seconde naissance

Je n'accepte pas
Mais je trouve en moi
La part divine
Qui ne vit que de toi

Ici ailleurs partout
Il n'est plus de prison
Le mal n'est plus ce qui fait mal
Juste un halo d'orage
Dans un sursaut du cœur
Qui voudrait que s'attarde
La dernière caravane
Menée à notre camp
Par un bandit d'honneur

Le septième sommet
Paris - Chambéry - Paris,
17-30 mai 1998

L'amour extrême
Paris - Les Houches - Cadenet - Grambois - Paris,
été 1998 - été 1999

Une autre altitude
Paris - Grambois - Paris,
automne 1999 - été 2000

LE SEPTIÈME SOMMET

J'ai pour te bâtir un tombeau… 11

Je sais de qui je suis la proie
Je sais de qui je suis l'amour

Sans doute n'y avait-il autre passion… 15
Viatique 19
Tournesol 21
Himal 23

Le galop de ton cœur

L'éclat de tes yeux, mon amour… 27
Élégie 31
À toujours 33
Ex-voto 34
Sans rien céder de nous 35
Deuxième élégie 37
Pour une cantate 39

Je marche au soleil de Majnûn
qui marche au soleil de sa folie

Les vivants appellent ça… 43
Où que tu sois, je t'aime 47
Contre-écho 49
Pour une autre cantate 50
Troisième élégie 51
Répons 53

La mariée du ciel

La Bastille était notre quartier… 57
Je dirai 61
Litanie de toi 63
Au plus haut 67
La vie, l'amour entre deux poèmes 69
Force de mots 71
La mort, l'amour autres sommets 73

L'AMOUR EXTRÊME

Épaule de plomb… 79

La lumière qui me blesse n'est que l'ombre de toi

Quelque tendresse que j'y mette… 83
Un désir absolu 87
Blasons 90
Le brasier des limbes 94

Je suis dans la chambre bleue ce qui reste de ton cri

Quand je te parle maintenant… 99
Camp 2 103
Sable et cendre 104
Où aller 106
Prière sans objet 107
Pour une nouvelle cantate 108
Soudain 109
Bastille 110
À l'impossible 111
Bleu 113
Coda 114

C'est déjà plus loin que nos vies

Chaque jour je rends grâce...	119
Poème à peine commencé	123
En la saison d'absence	124
Qui chante ?	130
Amour et poésie	131

Je vais te faire passer les siècles

Je chante ma Dame de l'autre rive...	135
1. Cercamon était jongleur...	136
Il me plaît qu'elle me rende fou...	137
2. Éprise du seigneur de Montpellier...	138
J'ai le cœur dévasté.	139
3. Il aimait la guerre et les femmes...	140
L'amour veut un amant cavalier.	141
4. Jeune chanoine converti...	142
Par son amour, je vis...	143
5. Clerc sans fortune...	144
Je veux faire l'escalade...	145
6. Troubadour de longue errance...	146
Ils pourront trouver réconfort...	147
7. Né près de Rocamadour...	148
Quand, en un seul jour...	149
8. Témoin de la fin des temps...	150
Je suis piégé comme un écorché vif.	151
9. Sauvé de peu du grand oubli...	152
J'ai perdu tout savoir...	153
Je chante ma femme de l'autre rive...	155
Qui-vive	157
À l'infini	159
Divination	160

UNE AUTRE ALTITUDE

Dans le ravage 165

Le chemin est pour toi
et pour toi l'escalade

Où que j'aille… 171
Promesse 175
Aimer 177
Zénith 179
Fumée 180
Éclaircie 182
Quelque part 184
Jusqu'où 186

Ton corps d'altitude

Comment jeter encore un regard… 191
Sacrifice 195
Le sel et l'or 197
Présage 200
Épiphanie 202

Ascension du Mont Analogue

Depuis des années… 207
Marche d'approche 213
Premier souffle 221
Traverser voir 223
Arcane 226
Oui 230

RÉSONANCES

Ces poèmes pour Chantal Mauduit ont inspiré des peintures d'Himat et d'Alexandre Galpérine, des calligraphies de François Cheng, des récitals d'Alain Carré et de l'Ensemble Alla Francesca (*L'amour extrême*), de François-René Duchâble et Alain Carré (*Tombeau de Chantal Mauduit*, d'abord représenté dans les grottes de Choranche à l'initiative de Marc Batard, puis édité en CD chez Frémeaux), de Beñat Achiary, Pedro Soler, Rajendra B. Kulkarni, Makarand Tulankar, Pedro Pauwels et Anne-Marie Reynaud (*L'amour extrême*), de Renaud Garcia-Fons, Bernard-Pierre Donnadieu et Agnès Sourdillon (*L'Ascension du Mont-Analogue*), et des compositions de Jean Schwarz interprétées par Claudine Charreyre (*Très haut amour*).

Chantal Mauduit a publié *J'habite au Paradis*, chez Jean-Claude Lattès. Une biographie lui a été consacrée, aux éditions Paulsen, par Alexandre Duyck : *Chantal Mauduit, elle grimpait sur les nuages.*

ANDRÉ VELTER

Né le 1er février 1945 à Signy-l'Abbaye, dans les Ardennes, André Velter a publié son premier livre, *Aisha*, avec Serge Sautreau en 1966. Très vite son activité s'est partagée entre l'écriture, les voyages (Afghanistan, Inde, Népal, Tibet, Mongolie, Chine, Extrême-Orient) et les créations radiophoniques. Il a créé l'émission *Poésie sur Parole* (France Culture 1987-2008) et dirigé la revue *Caravanes* (1989-2003). Son œuvre poétique, toute d'énergie et d'engagement existentiel se veut à des années-lumière du désenchantement ambiant. Vouée au souffle, au chant, à l'altitude, à la révolte, à l'amour sauvage, à la jubilation physique et mentale, elle a fait du « principe de plaisir » le vecteur d'une résistance farouche à toutes les formes d'obscurantisme, d'aliénation ou de renoncement.

BIBLIOGRAPHIE

Aux Éditions Gallimard

AISHA, avec Serge Sautreau, *préface d'Alain Jouffroy*, 1966.

L'ARBRE-SEUL, 1990.

DU GANGE À ZANZIBAR, 1993.

LE HAUT-PAYS, 1995.

LE SEPTIÈME SOMMET, 1998.

ZINGARO SUITE ÉQUESTRE, *dessins d'Ernest Pignon-Ernest*, 1998.

L'AMOUR EXTRÊME, 2000.

LA VIE EN DANSANT, 2000.

UNE AUTRE ALTITUDE, 2001.

AU CABARET DE L'ÉPHÉMÈRE, 2005.

ZINGARO SUITE ÉQUESTRE et *Un piaffer de plus dans l'inconnu, dessins d'Ernest Pignon-Ernest*, 2005.

MIDI À TOUTES LES PORTES, 2007.

LE HAUT-PAYS suivi de *La traversée du Tsangpo*, 2007.

EXTASES, avec Ernest Pignon-Ernest, 2008.

PASEO GRANDE, *dessins d'Antonio Segui*, 2011.

AVEC UN PEU PLUS DE CIEL, 2012.

ZINGARO SUITE ÉQUESTRE et autres poèmes pour Bartabas, *dessins d'Ernest Pignon-Ernest*, 2012.

PRENDRE FEU, avec Zéno Bianu, 2013.

TANT DE SOLEILS DANS LE SANG, *dessins d'Ernest Pignon-Ernest*, 2014.

JUSQU'AU BOUT DE LA ROUTE, 2014.

POUR L'AMOUR DE L'AMOUR, avec Ernest Pignon-Ernest, 2015.

LE JEU DU MONDE, 2016.

LOIN DE NOS BASES, *avec une Adresse de François Cheng*, 2016.

En Poésie/Gallimard

L'ARBRE-SEUL, *préface d'Alain Borer*, 2001.

L'AMOUR EXTRÊME et autres poèmes pour Chantal Mauduit, 2007.

Chez d'autres éditeurs

DU PRISME NOIR, avec Serge Sautreau, Fata Morgana, 1971.

DE LA DÉCEPTION PURE, MANIFESTE FROID, avec Serge Sautreau, Jean-Christophe Bailly et Yves Buin, 10/18, 1973.

PASSAGE EN FORCE (1971-1974), *préface de Bernard Noël*, Le Castor Astral, 1994.

ÉTAPES BRÛLÉES (1974-1978), Le Castor Astral, 1996.

DAR-Î-NÛR, avec Serge Sautreau, Nulle Part, 1983.

L'ENFER ET LES FLEURS, Fata Morgana, 1987.

VELICKOVIC, L'ÉPOUVANTE ET LE VENT, Fata Morgana, 1988.

OUVRIR LE CHANT, Le Castor Astral, 1994.

LE TAO DU TOREO, *dessins d'Ernest Pignon-Ernest*, Actes Sud, 2014.

LOIN DE NOS BASES, *édition bilingue, avec une Adresse de François Cheng. Traduction chinoise et peintures de Ji Dahai*, Pékin, 2014.

Essais

LE LIVRE DE L'OUTIL, avec Marie-José Lamothe, *photos de Jean Marquis*, Hier & Demain, 1976 ; Médiations 1978 ; Phébus, 2003.

LES OUTILS DU CORPS, avec Marie-José Lamothe, *photos de Jean Marquis*, Hier & Demain, 1978 ; Médiations 1980.

LES BAZARS DE KABOUL, avec Emmanuel Delloye, *photos de Marie-José Lamothe*, Hier & Demain, 1979 ; A-M Métaillié, 1986.

PEUPLES DU TOIT DU MONDE, *photos de Marie-José Lamothe*, Chêne-Hachette, 1981.

LADAKH-HIMALAYA, *photos de Marie-José Lamothe*, Albin Michel, 1987.

MARELLE-MÉMOIRE, *photos de Gérard Rondeau*, Marval, 1998.

GHÉRASIM LUCA PASSIO PASSIONNÉMENT, JMPlace/Poésie, 2001.

ATTENDONS ZAPATA D'URGENCE, L'Atelier des Brisants, 2001.

RENÉ CHAR, *photos de Marie-José Lamothe*, L'Atelier des Brisants, 2002.

ÉCRIRE AU LONG COURS, L'Atelier des Brisants, 2003.

CIELS, *photos d'Olivier Dassault*, Cercle d'Art, 2005.

LA SEINE DES PHOTOGRAPHES, Gallimard/Monum, 2006.

LES TIBÉTAINS, *photos de Marc Riboud*, Imprimerie Nationale/Actes Sud, 2009.

ERNEST PIGNON-ERNEST, Gallimard, 2014.

Anthologies

LES POÈTES DU CHAT NOIR, *Poésie*/Gallimard, 1996.

ORPHÉE STUDIO, Poésie d'aujourd'hui à voix haute, *Poésie*/Gallimard, 1999.

L'HIMALAYA, Favre, 1997.

LE CHANT DES VILLES, avec Jean-Claude Perrier, Mercure de France, 2006.

IL PLEUT DES ÉTOILES DANS NOTRE LIT, Cinq poètes du Grand Nord, *Poésie*/Gallimard, 2012.

PETITE BIBLIOTHÈQUE DE POÉSIE, *de Villon à Rimbaud*, Télérama/Gallimard, 2013.

PETITE BIBLIOTHÈQUE DE POÉSIE DU XXe SIÈCLE, *d'Apollinaire à René Char*, avec Zéno Bianu et Sophie Nauleau, Télérama/Gallimard, 2014.

L'ÂME DU VIN (*avec les poètes taoïstes, peintures de Ji Dahai*), éditions Hua Cheng, Canton, 2014.

PETITE BIBLIOTHÈQUE DE POÉSIE CONTEMPORAINE, *de Guillevic à Philippe Jaccottet*, avec Zéno Bianu et Sophie Nauleau, Télérama/Gallimard, 2015.

Traductions

Fernando Pessoa, FAUST, traduit avec Pierre Léglise-Costa, Christian Bourgois, 1990.

Adonis, MÉMOIRE DU VENT, *Poésie*/Gallimard, 1991.

Sayd Bahodîne Majrouh, LE SUICIDE ET LE CHANT, Connaissance de l'Orient/Gallimard, 1994.

Taslima Nasreen, UNE AUTRE VIE, traduit avec France Bhattacharya, Stock, 1995.

Discographie & Vidéographie

LE GRAND PASSAGE (Beñat Achiary, Ahmed Ben Dhiab, Carlo Rizzo, François Chaumette, Jean Négroni, Maud Rayer, Jean-Luc Debattice), CD Paroles d'Aube, 1994.

ÇA CAVALE, musique de Jean-Luc Debattice (Jean-Luc Debattice, Ghaouti Faraoun, André Velter, Jean Ricco, Rosaire Ricco, Daniel Baudon, Christian Maillet), CD Paroles d'Aube, 1994.

POÉSIE D'AUJOURD'HUI À VOIX HAUTE, vidéo, « Le canal du savoir », Arts & Éducation, 1999.

STENTOR (le groupe Outland, Zéno Bianu, André Velter), CD Terronès/Marges, 2001.

JÉRUSALEM 2000 (André Velter, Assi Guivati, Idan Carméli), CD Thélème/Élios Productions, 2001.

TOMBEAU DE CHANTAL MAUDUIT (François-René Duchâble, Alain Carré), CD Groupe Ooctave/Frémeaux & Associés, 2001.

LA VIE EN DANSANT (Alain Carré, André Velter), CD Autrement dit, 2002.

C'ÉTAIT L'AFGHANISTAN, (André Velter, André de Margerie, Homayoun Majrouh, Jacques Dars, Michaël Barry, Marie-José Lamothe, Joseph Kessel, Peter Brook, Serge de Beaurecueil, Serge Sautreau, Roland Michaud, Malak Djahan Khazaï, Pierre Schoendoerffer, Emmanuel Delloye, Sabrina Nouri, Charles de Gaulle, Zâher Shâh, Bernard-Pierre Donnadieu, Sabrina Michaud), 3 CD INA/Frémeaux & Associés, 2002.

LA FAUTE À QUI (Valérie Rouzeau, André Velter, Philippe Leygnac) CD Thélème/Élios Productions, 2004.

LA TRAVERSÉE DU TSANGPO (André Velter, Laurent Terzieff, Jean Schwarz, Tenzin Gönpo) CD Thélème/Élios Productions, 2004.

DÉCALE-MOI L'HORAIRE (André Velter, Jean Schwarz, Benoît Charvet) CD EPM, 2005.

LA FIANCÉE BLEUE (poèmes de René Char et André Velter, par Alain Carré, Frédéric Vérité) CD Autrement dit, 2007.

TANT DE SOLEILS DANS LE SANG (André Velter, Pedro Soler) DVD Alphabet de l'espace, 2008.

RÉCITAL ÉQUESTRE (André Velter, Jean Schwarz) CD Quizas Productions, 2008.

JUSQU'AU BOUT DE LA ROUTE (André Velter, Gaspar Claus, Vincent Moon) vidéo Petites Planètes, 2015.

Œuvres radiophoniques
(conçues et réalisées avec Claude Guerre) sur France Culture

QUARTIER LATIN, ESCHOLIERS ET GOLIARDS, Musée de Cluny, Paris 1992.

TOULOUSE À VOIX HAUTE, Chapelle des Carmélites, Toulouse 1993.

NOUVELLES FRANCOPHONES, Théâtre du Rond-Point, Paris 1993.

PARIS EST UN ROMAN D'AMOUR, Vidéothèque des Halles, Paris 1994.

LE SUICIDE ET LE CHANT, Le Cargo, Grenoble 1994.

POÉSIE SANS FRONTIÈRE, Théâtre du Rond-Point, Paris 1994 (4 créations).

LES POÉTIQUES, Théâtre du Rond-Point, Paris 1995-1999 (30 créations).

FOOTBALL-PASSION, Théâtre du Rond-Point, Paris 1998.

POÉSIE D'AUJOURD'HUI À VOIX HAUTE, Théâtre de l'Odéon, Paris 1999.

LA CHAMBRE DE BABEL, Enregistrement studio, Paris 1999.

ÊTRE ICI C'EST VENIR D'AILLEURS, Théâtre des Bernardines, Marseille 1999.

UN GRAND JEU POÉTIQUE, La Comédie de Reims, Reims 1999.

POLYPHONIE DU CORPS AMOUREUX, L'Atalante, Bayonne 2000.

LA TERRE NOUS EST ÉTROITE, Maison des Cultures du Monde, Paris 2000.

PARIS GARE DE L'EST, Maison de la Radio, studio 105, Paris 2000.

BABEL DERNIÈRE FUGUE, Théâtre National, Cluj 2000.

LE MEETING POÉTIQUE, La Mutualité, Paris 2002.

LE MEETING POÉTIQUE, La Mutualité, Paris 2003.

ORPHÉE STUDIO, Théâtre de l'Aquarium, Paris 2002-2004 (12 créations).

Autres œuvres radiophoniques sur France Culture
(les émissions régulières – *Pour Ainsi Dire* (1985-1987),
Poésie sur Parole (1987-2008), *Agora* (1995-1998), *etc.*
– ne sont pas répertoriées ici)

MIKLOS SZENTKUTHY, L'OGRE ALCHIMISTE, Budapest 1987.

TIBET 87, RENAISSANCE OU ILLUSION, Tibet 1987.

LA ROUTE DE LA SOIE, Kashgar-Xian 1988.

À FLEUR DE PAU *(avec Geneviève Ladouès)*, Théâtre Saint-Louis, Pau 1989.

AUTOUR DE JEAN TORTEL, Chapelle Sainte-Claire, Avignon 1993.

POÈTES DU DÉSIR, Chapelle Sainte-Claire, Avignon 1993.

DÉSIR DES POÈTES, Chapelle Sainte-Claire, Avignon 1993.

NUIT INDIENNE, Pont Saint-Bénezet, Avignon 1995.

C'ÉTAIT L'AFGHANISTAN, Maison de la Radio, Paris 1997.

ORPHÉE RECONNAÎTRA LES SIENS, Nantes 2000.

BENAT ACHIARY, LE BASQUE UNIVERSEL, Maison de la Radio, Paris 2001.

GUIMET EN PLEINE LUMIÈRE, Paris 2001.

ÉCRIRE ET CHANTER À KABOUL, Auditorium du Lycée Estiqlal, Kaboul 2003.

RENÉ CHAR, LA RÉBELLION À L'ŒUVRE, Musée Calvet, Avignon 2007.

Biographie et bibliographie détaillées, documents et critiques sur Internet : www.andrevelter.com

DERNIÈRES PARUTIONS

411. Jorge Luis Borges — *L'or des tigres.*
412. Jean-Michel Maulpoix — *Une histoire de bleu.*
413. Gérard de Nerval — *Lénore* et autres poésies allemandes.
414. Vladimir Maïakovski — *À pleine voix.*
415. Charles Baudelaire — *Le Spleen de Paris.*
416. Antonin Artaud — *Suppôts et Suppliciations.*
417. André Frénaud — *Nul ne s'égare* précédé de *Hæres.*
418. Jacques Roubaud — *La forme d'une ville change plus vite, hélas, que le cœur des humains.*
419. Georges Bataille — *L'Archangélique.*
420. Bernard Noël — *Extraits du corps.*
421. Blaise Cendrars — *Du monde entier au cœur du monde* (Poésies complètes).
422. *** — *Les Poètes du Tango.*
423. Michel Deguy — *Donnant Donnant* (Poèmes 1960-1980).
424. Ludovic Janvier — *La mer à boire.*
425. Kenneth White — *Un monde ouvert.*
426. Anna Akhmatova — *Requiem, Poème sans héros* et autres poèmes.
427. Tahar Ben Jelloun — *Le Discours du chameau* suivi de *Jénine* et autres poèmes.

428.	***	*L'horizon est en feu*. Cinq poètes russes du XXe siècle.
429.	André Velter	*L'amour extrême* et autres poèmes pour Chantal Mauduit.
430.	René Char & Georges Braque & Jean Arp	*Lettera amorosa*.
431.	Guy Goffette	*Le pêcheur d'eau*.
432.	Guillevic	*Possibles futurs*.
433.	***	*Anthologie de l'épigramme*.
434.	Hans Magnus Enzensberger	*Mausolée* précédé de *Défense des loups* et autres poésies.
435.	Emily Dickinson	*Car l'adieu, c'est la nuit*.
436.	Samuel Taylor Coleridge	*La Ballade du Vieux Marin* et autres textes.
437.	William Shakespeare	*Les Sonnets* précédés de *Vénus et Adonis* et du *Viol de Lucrèce*.
438.	***	*Haiku du XXe siècle*. Le poème court japonais d'aujourd'hui.
439.	Christian Bobin	*La Présence pure* et autres textes.
440.	Jean Ristat	*Ode pour hâter la venue du printemps* et autres poèmes.
441.	Álvaro Mutis	*Et comme disait Maqroll el Gaviero*.
442.	Louis-René des Forêts	*Les Mégères de la mer* suivi de *Poèmes de Samuel Wood*.
443.	***	*Le Dîwân de la poésie arabe classique*.
444.	Aragon	*Elsa*.
445.	Paul Éluard & Man Ray	*Les Mains libres*.
446.	Jean Tardieu	*Margeries*.
447.	Paul Éluard	*J'ai un visage pour être aimé*. Choix de poèmes 1914-1951.
448.	***	*Anthologie de l'OuLiPo*.
449.	Tomás Segovia	*Cahier du nomade*. Choix de poèmes 1946-1997.
450.	Mohammed Khaïr-Eddine	*Soleil arachnide*.

451. Jacques Dupin — *Ballast.*
452. Henri Pichette — *Odes à chacun* suivi de *Tombeau de Gérard Philipe.*
453. Philippe Delaveau — *Le Veilleur amoureux* précédé d'*Eucharis.*
454. André Pieyre de Mandiargues — *Écriture ineffable* précédé de *Ruisseau des solitudes* de *L'Ivre Œil* et suivi de *Gris de perle.*
455. André Pieyre de Mandiargues — *L'Âge de craie* suivi de *Dans les années sordides*, *Astyanax* et *Le Point où j'en suis.*
456. Pascal Quignard — *Lycophron et Zétès.*
457. Kiki Dimoula — *Le Peu du monde* suivi de *Je te salue Jamais.*
458. Marina Tsvétaïéva — *Insomnie* et autres poèmes.
459. Franck Venaille — *La Descente de l'Escaut* suivi de *Tragique.*
460. Bernard Manciet — *L'Enterrement à Sabres.*
461. *** — *Quelqu'un plus tard se souviendra de nous.*
462. Herberto Helder — *Le poème continu.*
463. Francisco de Quevedo — *Les Furies et les Peines.* 102 sonnets.
464. *** — *Les Poètes de la Méditerranée.*
465. René Char & Zao Wou-Ki — *Effilage du sac de jute.*
466. *** — *Poètes en partance.*
467. Sylvia Plath — *Ariel.*
468. André du Bouchet — *Ici en deux.*
469. L.G Damas — *Black-Label* et autres poèmes.
470. Philippe Jaccottet — *L'encre serait de l'ombre.*
471. *** — *Mon beau navire ô ma mémoire* Un siècle de poésie française. Gallimard 1911-2011.

472. ***	*Éros émerveillé.* Anthologie de la poésie érotique française.
473. William Cliff	*America* suivi de *En Orient.*
474. Rafael Alberti	*Marin à terre* suivi de *L'Amante* et de *L'Aube de la giroflée.*
475. ***	*Il pleut des étoiles dans notre lit.* Cinq poètes du Grand Nord
476. Pier Paolo Pasolini	*Sonnets.*
477. Thomas Hardy	*Poèmes du Wessex* et autres poèmes.
478. Michel Deguy	*Comme si Comme ça.* Poèmes 1980-2007.
479. Kabîr	*La Flûte de l'Infini.*
480. Dante Alighieri	*La Comédie.* Enfer – Purgatoire – Paradis.
481. William Blake	*Le Mariage du Ciel et de l'Enfer* et autres poèmes.
482. Paul Verlaine	*Cellulairement* suivi de *Mes Prisons.*
483. ***	*Poèmes à dire.* Une anthologie de poésie contemporaine francophone.
484. ***	*Je voudrais tant que tu te souviennes.* Poèmes mis en chansons de Rutebeuf à Boris Vian.
485. Pablo Neruda	*Vaguedivague.*
486. Robert Desnos	*Contrée* suivi de *Calixto.*
487. Arun Kolatkar	*Kala Ghoda.* Poèmes de Bombay.
488. Paul de Roux	*Entrevoir* suivi de *Le front contre la vitre* et de *La halte obscure.*
489. Guy Goffette	*Un manteau de fortune* suivi de *L'adieu aux lisières* et de *Tombeau du Capricorne.*
490. Yves Bonnefoy	*L'Heure présente* et autres textes.
491. Juan Gelman	*Vers le sud* et autres poèmes.
492. Michel Leiris	*Glossaire j'y serre mes gloses* suivi de *Bagatelles végétales.*
493. Michel Houellebecq	*Non réconcilié.* Anthologie personnelle 1991-2013
494. Henri Michaux	*À distance* suivi de *Annonciation.*
495. Henri Michaux	*Moments.* Traversées du temps.

496. Roger Gilbert-Lecomte — *La Vie l'Amour la Mort le Vide et le Vent* et autres textes.

497. Philippe Jaccottet — *L'entretien des muses*. Chroniques de poésie.

498. Philippe Jaccottet — *Une transaction secrète*. Lectures de poésie.

499. Ingeborg Bachmann — *Toute personne qui tombe a des ailes*. Poèmes 1942-1967.

500. Yves Bonnefoy — *Les planches courbes* précédé de *Ce qui fut sans lumière* et de *La Vie errante*.

501. Ted Hughes — *Birthday Letters*.

502. Luís de Camões — *Les Lusiades*.

503. Xavier Bordes — *La Pierre Amour*.

504. Alain Duault — *Où vont nos nuits perdues* et autres poèmes.

505. Richard Rognet — *Élégies pour le temps de vivre* suivi de *Dans les méandres des saisons*.

506. Anise Koltz — *Somnambule du jour*. Poèmes choisis.

507. Zéno Bianu — *Infiniment proche* et *Le désespoir n'existe pas*.

508. Jacques Darras — *L'indiscipline de l'eau*. Anthologie personnelle 1988-2012.

509. Jean-Pierre Lemaire — *Le pays derrière les larmes*. Poèmes choisis.

510. James Sacré — *Figures qui bougent un peu* et autres poèmes.

511. Abdellatif Laâbi — *L'Arbre à poèmes*. Anthologie personnelle 1992-2012.

512. Olivier Barbarant — *Odes dérisoires* et autres poèmes.

513. Emmanuel Hocquard — *Les Élégies*.

514. Vénus Khoury-Ghata — *Les mots étaient des loups*. Poèmes choisis.

515. Luis de Góngora — *Fable de Polyphème et Galatée*.

516. Jacques Roubaud — *Je suis un crabe ponctuel*. Anthologie personnelle 1967-2014.

517. Percy Bysshe Shelley — *La révolte de l'Islam*.

518. Charles Vildrac — *Chants du désespéré*.

Ce volume,
le cent quatre cent vingt-neuvième de la collection Poésie
a été achevé d'imprimer sur les presses
de l'imprimerie Novoprint,
le 2 mai 2016.
Dépôt légal : mai 2016
1er dépôt légal dans la collection : février 2007

ISBN 978-2-07-034471-0/.Imprimé en Espagne.

302984